KB263757

반드시 좋은 날들이
찾아올 거야

조민 에세이

반드시 좋은 날들이
찾아올 거야

행복, 별거 아니다

이번 책은 뭐에 대해서 쓸까, 주제를 정하지 않았다. 그냥 떠오르는 것들을 썼다. 어떤 날은 술술 써졌고, 어떤 날은 한 줄도 못 썼다. 얼마쯤 지나 쌓인 글들을 읽어 봤다. 몇 가지 주제로 분류가 되는 듯했다. 마음가짐, 관계, 행복…. 뜬구름 잡는 이야기 같기도 하고, 인생의 주제 같기도 한 이야기들이다. 그렇지만 무엇보다 내 안에 있던 이야기, 내가 원하는 것들에 관한 이야기일 테다.

행복하냐고 물으면 당장 행복하다고 답할 사람이 얼마나 될까? 지엽적인 정의 안에 갇혀서 자기가 행복한지 모르는 사람들이 많은 것 같다. 그런데 행복이라는 게 생각보다 별거 아니라고 생각한다. 그냥 '내가 행복할 수도 있겠다' 이런 생각하면 갑자기 행복해지기도 하고 그렇지 않나?

크게 성공하거나, 돈을 많이 벌거나, 사랑하는 사람을 만나도 행복할 수 있다. 그런데 그런 거 말고, 그냥 매우 소소한 것들이 더 와닿고는 한다. 나는 매일 작은 기쁨들을 모은다. 오늘 점심에 새로운 식당에 가 봤는데 음식이 정말 맛있었어. 목말랐는데 물 마시니까 엄청 시원해. 이런 작은 것들로 바로 기분이 좋아지는 편이다. 순간순간에 집중하고, 당연시되는 걸 당연하게 여기지 않으면 감사할 일이 늘어난다. 그리고 그런 찰나에 행복이라는 이름을 붙여봄직하다고 생각한다.

나도 여전히 헤매고는 해서 이것이 정답이라고 말할 수는 없다. 그냥 내가 살아온 이야기를 썼다. 이렇게 넘어지고 이렇게 일어섰으며 이럴 때는 행복하다는 기록. 성공담도 아니다. 여전히 넘어지고 있으니까.

공감되는 부분도 있을 것이고 아닌 부분도 있을 것이다. 당연하다. 우리는 다른 사람이니까. 다른 환경에서 자랐고, 다른 상처와 위안을 얻고, 다른 방식으로 살아간다. 필요한 부분만 가져가면 된다. 나머지는 넘겨도 괜찮다.

거창한 무언가를 기대했다면 미안하다. 나는 그런 말을 할 줄 모른다. "힘내세요", "괜찮아요" 같은 말에서 오히려 공허하다는 느낌을 받는 편이다. 다만 이 글을 읽는 동안만큼은 혼자가 아니라고 느꼈으면 좋겠다. 누군가 비슷한 길을 걷고 있다는 것. 그것만으로도 조금 덜 외로울 수 있다는 걸 알아줬으면 한다.

완벽한 글은 아니다. 하지만 진심은 담았다. 거짓 없이, 꾸미지 않고, 있는 그대로.

이제 시작한다.

차례

CHAPTER 2. 관계

CHAPTER 3. 행복

CHAPTER

1

마음가짐

✤ 아플 때도 있지

아픔을 피할 수 있다고 믿었던 때가 있다. 조심하면, 신중하면, 내가 잘하면 아프지 않을 거라고. 하지만 아픔은 피할 수 있는 게 아니었다. 통과해야 하는 것이었다.

인생에서 처음으로 감당하기 어려운 아픔을 겪었을 때에는 그냥 도망치고 싶었다. 얼굴을 칼에 베인 것처럼 시렸고 숨을 쉴 때마다 심장이 찢어지는 것 같았다. 게임으로, 잠으로, 바쁨으로 도망쳤다. 하지만 도망친다고 아픔이 사라지지는 않았다. 오히려 더 커졌다. 피하면 피할수록 그림자는 더 길어졌다.

변화는 어느 날 밤에 찾아왔다. 침대에 누워 잠을 청했지만 정신이 너무도 또렷했다. 오랫동안 멀뚱히 천장을 보다가 문득 이런 생각이 들었다.

'그래, 아프면 아픈 거지. 어쩔 거야. 아플 땐 앓아야 해.'

그러고 나자 처음으로 아픔과 정면으로 마주할 수 있었다. 날 아프게 하는 것들을 하나하나 꼽아 정리했다. 신기하게도, 마주하고 나니 조금 견딜 만했다. 여전히 아팠지만, 적어도 도망치느라 쓰는 에너지는 아낄 수 있었다. 그리고 친구에게 전화를 걸었다.

"나 지금 너무 힘들어."

그 한마디가 얼마나 어렵던지. 하지만 말을 뱉고 나니 마음이 조금은 가벼웠다. 아픔을 나눈다고 반이 되진 않았지만, 입 밖으로 소리 내어 말하고 나니 꽉 막힌 가슴에 숨통이 트이는 느낌이었다.

물론 계기만으로는 문제가 해결되진 않았다. 시간도, 노력도 필요했다. 일상을 회복하기 위해 티끌만한 기쁨과 소소한 행복들을 적립했다. 아침이면 내가 좋아하는 일리 캡슐 커피를 내려 마셨다. 주차를 한 번에 성공하면 마음속으로 '미션 성공!'이라고 외치며 스스로를 칭찬했다.

상처가 딱지가 되고, 딱지가 떨어지고, 새 살이 나는 과정을 겪듯이 나는 매일을 겪어 나갔다.

아픔을 견디는 힘은 근육처럼 길러지는 것 같다. 처음에는 작은 아픔도 견디기 힘들지만, 견디다 보면 점점 단단해진다. 그럼에도 너무 아플 땐 이렇게 되뇌고는 한다.

'이 아픔도 언젠간 끝나. 지금 아파도 나는 다시 나아질 거야.'

아픔을 견디는 힘은 아프지 않게 되는 게 아니다. 아파도 무너지지 않는 것. 아파도 다시 일어설 수 있다는 걸 아는 것. 그리고 그 힘은 경험을 통해서만 길러진다. 아픔을 통과하면서.

관대해지는 연습

나는 약간의 강박이 있다. 하루 스케줄은 계획에 딱 맞게 시작해서 끝내야 하고, 화장품을 살 때는 성분표를 모조리 읽어야 한다든가 하는. 물건 성분표 읽는 버릇이야 쇼핑 시간이 늘어나는 정도로 끝나지만, 시간 관련 강박은 작은 실패가 하루 종일의 실패로 이어지기도 한다. 아침에 커피를 마시는 시간이 틀어지거나, 미팅 장소에 늦게 도착하거나 하면 기분이 몹시 상하고는 한다. 고작 커피 타임이 바뀌었다 해서 하루를 낭비하게 되는 건 바보 같은 짓이지만, 타고난 성격은 어쩔 수가 없었다.

작은 일로 하루를 망치길 반복하던 사이, 서서히 작은 실패를 딛고도 하루를 무사히 마친 날들이 쌓여 갔다. 점심 약속을 까맣게 잊고 일에 몰두했던 날에는, '나는 왜 이렇게 무책임할까'라고 탓하는 대신 "오늘은 일로 불타올랐군"이라고 말하며 스스로를 다독였다. 그러자 마음이 한결 편했고, 더 여유롭게 문제를 풀어갈 수 있었다.

아침에 늦잠을 자서 머리가 산발인 채로 외부 미팅에 나가게 됐을 때도 있었다. 평소 같았으면 하루 종일 기분이 나빴을 텐데 그날은 '나름 스타일 있네'라고 생각해 보았다. 역시나, 세상은 무너지지 않았다.

관대함은 나태함이 아니었다. 나 자신에게 관대하자 오히려 유머와 여유가 생겨났고, 그 여유가 더 나은 선택을 할 수 있는 공간을 내주었다. 나를 몰아붙일 때는 당장의 두려움 때문에 안전한 선택만 했다면, 스스로에게 관대해지자 실패해도 괜찮다는 마음으로 더 과감한 발걸음을 내딛을 수 있게 되었다.

물론 무조건 스스로를 용서하라는 이야기는 아니다. 나도 중요한 실수를 저지르고 같은 잘못을 반복하면 뒤돌아보고 다음엔 더 잘하려 애쓴다. 하지만 그것과 자신을 가혹하게 베는 것은 다르니까.

스스로에게 관대해진다는 것은 내 그릇의 크기를 키우는 일이기도 한 것 같다. 나 자신의 불완전함을 품을 수 있게 되자 다른 사람의 불완전함도 받아들일 수 있었다. 그러자 누군가의 서투름을 봐도 차갑고 매몰찬 마음이 들지 않게 되었다.

여전히 나는 완벽하지 않다. 가끔 비틀거리고, 계획이 어긋나는 일도 생기고, 약속을 지키지 못할 때도 있다. 하지만 그럴 때마다 예전처럼 나를 채찍질하진 않는다.

"괜찮아, 할 수 있는 만큼 했어. 완벽하지 않아도 충분해."

스스로에게 관대해지는 연습은 여전히 진행 중이다.

과거로 돌아갈 수 있다면

"과거로 돌아갈 수 있다면 언제로 가고 싶어?"

술자리에서 나온 질문이었다. 다들 대학 시절로 돌아가고 싶다고, 스무 살로 돌아가고 싶다고 했다. 그때는 젊었고, 가능성이 많았고, 선택지가 넓었으니까.

하지만 나는 대답하지 않았다. 솔직히, 진짜 의미 없는 가정이라고 생각한다. 과거는 이미 닫힌 문이다. 두드려도 열리지 않는다. 그 앞에 서서 시간을 보내는 건 낭비다. 돌아서야 한다. 뒤에 있는 열린 문으로 가야 한다. 미래는 거기 있다.

후회가 없는 삶은 있을 수가 없겠지만, 이미 일이 일어났다면 자책할 틈에 고칠 생각을 해야 한다. 이랬어야 하는데, 저랬어야 하는데는 아무런 의미가 없다. 어차피 못 돌아가는데 뭐하러 그런 생각을 하면서 시간을 낭비한단 말인가.

더군다나 지금의 나는 과거의 내 실수와 고통과 괴로운 밤들을 겪어 형성된 인간이다. 이제는 추억이라 말할 수 있는 고통들도 그 순간에는 어떻게든 피하고 싶은 괴로움이었다. 그걸 왜 다시 겪어야 한단 말인가?

기억은 거짓말쟁이이며, 끊임없이 과거를 아름다워 보이도록 포장한다. 시간은 마치 사진을 보정하듯 고통을 지우고 좋은 순간들만 남긴다. 빛 바랜 앨범처럼, 아픈 기억들은 흐릿해지고 행복했던 순간들만 선명해진다.

하지만 정말로 그 시절로 돌아간다면 어떨까? 다시 겪어야 하는 이별들, 실패들, 부끄러운 순간들. 그때는 몰랐던 답을 지금은 알고 있다 해도 그 과정을 다시 견뎌낼 수 있을까.

일본 전통 공예인 킨츠기에서는 깨진 도자기의 금이 간 부분을 금가루로 오히려 강조하여 다시 복구한다고 한다. 단순히 상처를 복원하는 것이 아니라 새로운 가치를 부여해 내는 것이다.

세상을 살아가는 것도, 나의 모습이 변하는 것도 이 킨츠기와 비슷한 것 같다.

나는 10년 전에 그랬듯이 여전히 실수하고, 후회하고, 넘어진다. 하지만 적어도 그때보다는 단단해졌다. 금이 갔던 도자기가 다른 모습으로 새롭게 변화하듯, 상처를 견디는 법을 배웠고 다시 일어서는 방법을 배웠다.

지금의 나는 과거의 선택들을 양분으로 해서 자라난 나무다. 좋든 나쁘든 내가 한 선택이 나를 여기까지 데려왔고 그것을 부정하는 건 지금의 나를 뿌리째 뽑아 버리는 일이다.

내 생각에 인생은 한 번으로 충분하다. 그리고 그 한 번을 통과해 온 나를, 나는 조금 자랑스럽게 생각한다. 그러니까 다른 질문을 해 줬으면 한다. 내년엔 어떤 재밌는 일을 해 볼거냐 같은.

✤ 꿈은 크게 꾸자

사람을 많이 만나고 여기저기 여행을 다니며 개인적으로
깨달은 바, 동아시아인들의 특징이 있다. 바로 지나치게
겸손하다는 것.

겸손은 미덕이다. 한국에서는 특히 그렇게 배우며 자란다.
그런데 사업을 할 때 보면 겸손은 오히려 방해가 된다.

언젠가 친구와 이런 대화를 나눈 적이 있다.

친구: 나는 그냥 동네에 작은 카페를 하고 싶어.
그 카페에 내가 좋아하는 빈티지 가구 채워 놓고,

인테리어 예쁘게 해 놓고. 그렇게 나만의 아지트를

만들어서 한 달에 200~300만 원 정도만 벌면 좋을

것 같아.

나: 너 만약에 진짜 잘되면 프랜차이즈 안 할 거야?

친구: 그럴 리가 없잖아.

속이 터질 것 같았다. 친구가 좋아하는 빈티지 가구는

당연히 비쌀 것이고, 인테리어를 이쁘게 하면 돈은 왕창

들어간다. 그런데 한 달에 200~300만 원을 벌면 그 투자

비용을 회수하는 데 몇 년이 걸리겠는가? 최소 5년 걸린다고

치사. 그런데 우리나라 자영입, 특히 카페는 개입 후 3년

이내에 폐업하는 비율이 높아 거의 절반 가까이나 그사이

폐업한다. 더군다나 예쁜 인테리어에 비싼 가구를 들여놓으면

2호점을 낼 수가 없다. 가게가 진짜 잘돼도 확장력이 없는

것이다.

나는 꿈의 반 정도를 이루면 성공이라고 생각한다. 그런데

꿈이 처음부터 요만하면?

그래서 친구에게 이야기했다. 현실적으로 인테리어는

간단하게 해라. 그게 무조건 돈을 아끼는 방법이다. 10을

쓰려던 거 5만 쓰면 장사 더 길게 볼 수 있다. 그리고 잘될 수도 있지 않느냐. 진짜 잘됐을 때 프랜차이즈로 갈 수 있는 간단한 인테리어와 간단한 핵심 메뉴를 개발해라. 결과는? 친구는 그냥 웃고 말았다.

말도 안 되는 꿈은 사람을 좀먹는다. '저 사람을 내 취향으로 바꾸고 싶어', '복권을 열 번만 더 사면 당첨될 것 같아' 같은 비논리적인 꿈. 하지만 너무 작은 꿈도 사람을 좀먹는다. 우리나라 사람들은 꿈을 너무 작게 꿔서 스스로의 가치도 작게 만드는 것 같다. 여러분은 안 그랬으면 좋겠다.

꿈은 최대한 크게 꾸자. 현실 가능한 범위 안에서.

ꕤ 자책 대신 격려를 선택하기

실수했을 때, 우리는 누구보다 자신에게 잔인하다. 남이 같은 실수를 했다면 "괜찮아, 누구나 그럴 수 있어"라고 어깨를 토닥여 줬을 텐데, 내가 실수하면 "대체 무슨 짓을 한 거야"라는 말들을 내 안에 던진다. 마치 자책이라는 매질이 나를 더 단단한 사람으로 만들어 줄 것처럼.

하지만 경험으로 보아 자책은 그다지 쓸모가 없었다. 그런 사고 방식은 오히려 나를 더 움츠러들게 만들었다. 다음 번에도 실수할까 봐 고개조차 들지 못하게 했다.

전환점은 어느 날 친구가 작은 실수로 무너지던 순간이었다.

친구는 스스로를 벼랑 끝으로 내몰려 했고, 나는 즉각적으로 이렇게 말했다. "누구나 그럴 수 있어. 너무 자책하지 마." 그 순간 가슴 한구석이 찡했다. 나는 왜 나 자신에게는 한 번도 이런 다정한 말을 건넨 적이 없을까?

그날 이후로 의식적으로 연습하기 시작했다. 실수했다고 자책하려는 순간, 숨을 한 번 길게 들이마시고 멈춰 서는 것이다. '만약 내 친구가 이런 실수를 했다면 나는 뭐라고 말해 줄까?' 그리고 그 말을 나에게 건네기로 했다.

처음에는 어색했다. 스스로를 격려하고 다독이는 행위가 너무 낯설었다. 하지만 반복하다 보니 점차 내 목소리가 되어 갔다.

"괜찮아, 이렇게 실패하는 방법을 배웠으니 다음에는 다른 방법으로 해 보지 뭐."

"사람이 실수할 수도 있지. 뭐 언제는 완벽했나."

이런 말들이 처음에는 텅 빈 메아리처럼 울렸다. 하지만 반복하다 보니 진짜 위로가 되기 시작했다. 책할 때보다 격려할 때 실제로 더 빨리 회복되었고, 다음 번엔 더 잘해 낼 힘이 생겼다.

자책과 반성은 다르다. 반성은 깨진 그릇 조각들을 모아

치우며 어쩌다 깨졌는지 살피고 다음엔 더 조심히 다루는 법을 배우는 시간이다. 하지만 자책은 그 그릇 조각으로 내 손을 베는 일이다.

자책 대신 격려를 선택한다는 것은 실수를 눈감아 버리거나 책임을 외면하자는 말이 아니다. 실수를 인정하되, 그것이 나의 전부가 아니라는 사실을 받아들이자는 말이다.

지금도 실수하면 자책하고 싶은 마음이 독사처럼 목구멍을 타고 올라올 때가 있다. 하지만 예전보다는 훨씬 빨리 그 독을 알아채고 뱉어 낼 수 있게 되었다.

나는 나의 가장 든든한 편이 되기로 했다. 실수했을 때 가장 먼저 손 잡아줄 사람. 그 사람은 바로 나 자신이어야 하니까.

✖ 다시 일어서는 힘은 어디서 올까

하루아침에 모든 게 무너졌다. 사회적 비난의 대상이 되었고, 연인과 헤어졌고, 10년 공부한 세월은 무용지물이 되었다. 마치 쌓아놓은 블록이 한 번에 와르르 무너지는 것 같았다.

나는 바닥에 주저앉았다. 문자 그대로. 짐을 싸다가 바닥에 털썩 앉아서 한참을 그냥 있었다. 아무 생각도 들지 않았다. 눈물도 나오지 않았다. 그저 가만히 있었다.

주변 사람들은 말했다. "다시 일어서면 돼. 할 수 있어." 하지만 그 말들은 허공을 맴돌 뿐이었다. 일어설 힘이 어디서 오는지 아무도 구체적으로 말해 주지 않았다. 마치 수영을 못하는 사람에게 "그냥 헤엄쳐"라고 하는 것 같았다.

넋이 나간 채로 며칠이 지나고, 새벽에 잠이 깨서 창문을 열었다. 해가 떠오르고 있었다. 어제도 떴고, 오늘도 뜨고, 내일도 뜰 해. 그 당연한 풍경이 불현듯이 위로가 됐다.

그날부터 아주 작은 것들을 시작했다. 이불을 개고, 이를 닦고, 밥을 먹었다. 대단한 계획이 아니라 그냥 눈앞의 하루를 살아냈다.

또 며칠이 지나고 친구가 커피를 마시자고 했다. 가기 싫었지만 억지로 나갔다. 카페에 앉아서 시원한 커피를 마시는데, 이상하게 손에서 가슴으로 온기가 스며들었다. 세상이 완전히 차갑지만은 않다는 게 느껴졌다. 정말 '갑자기'라고 밖에는 설명할 방법이 없는 순간에.

다시 일어서는 힘은 거창한 곳에서 오지 않았다. 아침 해, 시원한 커피, 친구의 존재. 그런 작은 것들이 조각조각 모여서 나를 천천히 일으켜 세웠다. 일어서는 과정은 생각보다 느렸다. 한 번에 벌떡 일어서는 게 아니라, 손을 짚고, 무릎을 꿇고, 천천히 몸을 일으켰다. 그러다 다시 주저앉을 때도 있었다.

몇 개월이 지나고 나자 깨달았다. 다시 일어서는 힘은 밖에서 오는 게 아니라 안에서 온다는 것을. 씨앗이 땅속에 묻혀 있어도 싹을 틔울 힘은 이미 품고 있듯이. 내가 이미 가지고 있던 힘이었다. 다만 그걸 찾는 데 시간이 걸렸을 뿐.

그냥 오늘 하루를 견디는 것, 내일 해가 또 뜨기를 기다리는 것, 누군가가 내민 작은 온기를 붙잡는 것. 그런 작은 계기들이 쌓여 내 안의 씨앗을 다시 단단하게 만들 때, 그때 우리는 다시 일어설 수 있다.

[illegible] 아니다 싶으면 말자

오랫동안 준비하던 일을 그만두자 사람들이 물었다.

"포기한 거야?"

나는 고개를 저었다. 포기가 아니라 단념이었다. 같은 말 같지만 전혀 다른 말이다.

포기는 패배처럼 느껴진다. 무릎을 꿇는 것 같고, 항복하는 것 같고, 내가 약해서 진 것처럼 느껴진다. 포기라는 단어 안에는 후회와 자책이 묻어 있다.

'조금만 더 버텼으면, 내가 부족해서, 나는 역시 안 되나……'

하지만 단념은 다르다. 단념은 선택이다. 이 길이 나와 맞지 않는다는 걸 인정하는 것. 더 이상 이 방향으로 가지 않겠다고 결정하는 것. 포기는 쓰러지는 것이고, 단념은 방향을 트는 것이다. 마치 잘못 탄 기차에서 내리는 것처럼.

단념은 쉽진 않았다. 지금까지 쓴 시간이 아까웠고, 주변 사람들에게 뭐라고 설명해야 할지 막막했다. 하지만 더 이상 그 길 위에 있고 싶지 않았다. 그 길 위에 있으면 나는 벽을 향해 달리는 기분이었다. 앞이 보이질 않았다.

단념하고 나니 홀가분했다. 그동안 나를 옭아매던 "내가 선택했으니 끝까지 해내야만 해"라는 강박에서 벗어났다. 새로운 길을 볼 수 있게 됐다. 포기가 끝이라면 단념은 새로운 시작이었다.

인생의 길은 하나가 아니다. 자신이 걷던 길이 절대적인 하나의 길이라고 생각하는 것 자체가 잘못된 생각이다. 이걸 깨닫고 나니 세상이 완전히 달리 보였다.

뭔가를 단념하지 못해서 생기는 고통이 있다. 이미 끝난 관계를 붙잡고, 맞지 않는 일을 계속하고, 희망 없는 꿈을 좇느라 생기는 고통. "어떻게 여기까지 왔는데", "이만큼 투자했는데"라는 생각에 묶여서. 하지만 계속 간다고 해서 목적지에 도착하는 건 아니다. 잘못된 길이면 빨리 돌아서는 게 낫다.

주체적인 선택은 정말 중요하다. 내 선택을 밀고 나가는 힘도 필요하다. 하지만 아니라는 생각이 들었을 때 빠르게 새로운 선택을 하는 건 더 중요하다.

단념은 용기다. 이미 쏟아부은 시간과 노력을 인정하면서도, 더 나은 선택을 위해 방향을 트는 것. 집착을 버리고 자유를 택하는 행위다.

'이게 아닌데…….' 싶으면 빠르게 단념하고 얼른 일어서자. 단념할 줄 아는 것, 그것이야말로 내 인생의 핸들을 내가 잡고 있다는 뜻이다.

감정은 틀릴 수 있다

감정은 자주 거짓말을 한다. 그럴듯한 얼굴을 하고 나타나지만, 막상 지나고 나면 사실이 아닐 때가 많다. 화가 나면 세상이 나를 공격하는 것처럼 보이고, 슬프면 모든 것이 끝난 것처럼 느껴지고, 불안하면 아무 일도 해결되지 않을 것처럼 느껴진다. 하지만 감정은 바람처럼 왔다가 흐르는 것일 뿐이다.

예를 들어 연인과 다투면 그 순간엔 관계가 모두 끝난 느낌이 들었다. 다시는 돌아갈 수 없을 것 같았다. 감정이 그렇게 속삭였다. 하지만 하루가 지나고 서로 한 발 물러서 다시 이야기를 나눴다. 차근차근 대화를 나누니 문제는 해결되었다. 그때 알았다. 감정은 상황을 과장하고 결론을 앞서 말하는 존재라는 걸.

감정은 렌즈와도 같다. 화가 나면 세상이 시끄럽게 보이고 슬프면 모든 빛이 흐리게 보인다. 같은 풍경인데 감정이 색을 덧입힌다. 빨간 렌즈를 쓰면 모든 것이 빨갛게 보이는 것처럼. 그래서 감정이 격할 때는 내 눈이 세상을 있는 그대로 보고 있지 않다는 걸 먼저 떠올려야 한다.

배가 고플 때 결정을 하지 말라는 말이 있다. 배고픔이라는 욕구가 판단을 흐리기 때문이다. 피곤할 때, 지칠 때, 마음이 어수선할 때도 마찬가지다. 그런 상태에서 내린 결론은 정도가 지나쳤고, 지나치게 비관적이었다.

감정과 사실을 구분해야 한다. "나는 지금 불안하다"와 "내 인생은 망했다"는 전혀 다른 문장이다. 전자는 감정이고 후자는 감정이 만들어 낸 확대 해석이다. 감정을 사실로 착각하는 순간 생각은 금세 어둡게 흘러갔다.

한밤중에 찾아오는 생각들이 특히 그랬다. 어둠 속 적막은 모든 감정을 더 크게 부풀렸다. 그 시간에 들었던 절망적인 생각들은 아침이면 거의 사라졌다.

감정은 날씨와 비슷하다. 갑자기 흐렸다가, 괜히 비를 뿌렸다가, 어느 순간 맑아지기도 한다. 하지만 날씨가 변한다고 세상이 무너지는 건 아니다. 감정이 변한다고 내 삶이 끝나는 것도 아니다.

너무 강한 감정이 밀려온다면 의식적으로 한 발짝 물러서 보자. 이 감정이 진짜를 말하고 있는 걸까? 대부분 아닐 것이다. 조금 과장되어 있고, 조금 앞서 있으며, 조금 격할 것이다.

감정을 무시하라는 말이 아니다. 감정에게 모든 권한을 넘기지 않아야 한다는 뜻이다. 감정은 틀릴 때가 많다는 사실 받아들이기. 이걸 알면 마음이 훨씬 자유롭다.

모르는 것을 인정하는 용기

"그게 뭔데요?"

낯선 사람들 사이에 있든, 친구들 사이에 있든, 대화 내용 중 모르는 내용이 나오면 나는 빠르게 되묻는다. 그게 뭐냐고, 무슨 뜻이냐고. 그러면 누군가 설명해 주거나, 짧게나마 내가 직접 검색해 볼 시간을 얻을 수 있다.

모르는 건 죄가 아니다. 하지만 아는 척하다간 큰 화를 입을 수 있다.

어느 회의 시간이었다. 내가 물었다. "이 부분은 어떻게 생각하세요?" 상대의 입에서 나온 말은 "글쎄요, 아마도….."였다.

애매하게 얼버무렸다. 자기 의견이 없다는 건지, 내 의견이 별로라는 건지 당췌 알 수가 없었다. 회의의 취지가 무색해지는 순간이었다.

때때로 사람들은 아는 척을 한다. 모르면서도 아는 것처럼 고개를 끄덕이고, 이해하지 못하면서도 이해한 척 웃는다. 무지를 들키면 안 된다고 생각하는 듯하다. 모르는 것이 부끄러운 듯도 하다. 하지만 누구도 모든 걸 알지는 못한다.

책을 읽다가 모르는 단어가 나오면 찾아봐야 한다. 친구들이 모르는 영화 이야기를 하면 무슨 영화인지 검색해 보면 된다. 그래야 내게 도움이 된다. 모른다고 말하는 게 나를 작게 만드는 것이 아니라, 모르는 걸 아는 척하고 넘어가는 게 나를 작게 만든다.

모르는 것을 인정하는 건 약점을 드러내는 행위가 아니다. 오히려 성장의 시작이 될 수 있다. 모른다고 인정해야 배울 기회가 생긴다. 빈 컵에만 물을 채울 수 있듯이, 이미 가득 찼다고 우기는 컵에는 한 방울도 더 담을 수 없다.

여기저기 모르는 게 천지다. 책에서, 뉴스에서, 대화에서, 매일 모르는 것들과 마주친다. 하지만 당당하게 말한다. "잘 모르겠는데." 그러면 누군가 알려주거나, 함께 찾아보거나,

아니면 그냥 모르고 지나가기도 한다. 모든 걸 알 필요는 없으니까.

세상은 넓고 배울 것은 많다. 평생을 산다 해도 다 알 수 없다. 그러니 모르는 것은 당연하다. 모르는 걸 부끄러워할 필요가 없다. 오히려 아는 척하는 게 더 부끄러운 일이다.

모른다고 말하는 순간, 어쩌면 우리는 조금 더 자유로워질지 모른다. 모든 걸 알아야 한다는 무게에서 벗어나고, 진짜 배움이 시작될 것이다.

✿ 봄은 반드시 우리를 데리러 온다

겨울이 길었다. 공기는 얼어붙었고, 하늘은 잿빛이었고, 어둠은 오래 머물렀다. 외투를 껴입고 목도리를 둘러도 추위가 심장까지 스며들었다. 언제까지 이럴까.

창밖을 보면 앙상한 가지뿐이었다. 나뭇가지는 죽은 것처럼 보였다. 겨울바람에 흔들릴 뿐 아무 변화가 없었다. 겨울이 지나면 봄이 온다는 게 거짓말 같았다. 이대로 영원히 겨울일 것 같았다.

그런데 어느 날, 가지 끝에 작은 봉오리가 보였다. 손톱만한 크기. 언제 생긴 걸까. 어제까지만 해도 없었던 것 같은데.

봉오리는 아직 열리지 않았지만, 거기 있었다. 봄이 오고 있었다.

머칠 후, 봉오리가 조금 부풀었다. 겨울 내내 얼어붙어 있던 가지가 깨어나고 있었다. 천천히, 아주 천천히. 눈에 띄지 않을 만큼. 하지만 분명히.

어떤 날은 더 추워지고 눈이 내렸다. 봄이 온다더니 거짓말이었나. 하지만 봉오리는 그대로 있었다. 추위에도 떨어지지 않았다.

그러다 정말로 봄이 왔다. 어느 순간 가지 끝부터 연두색이 번졌다. 봉오리가 터지고 잎이 나왔다. 겨울 내내 죽은 것 같던 가지가 살아났다. 봄은 약속을 지켰다.

내 삶도 그랬다. 겨울 같은 시간들이 있었다. 아무것도 나아지지 않는 것 같았고, 희망이 보이지 않았고, 이대로 끝인 것 같았다. 하지만 시간은 흘렀다. 다시 무릎에 힘을 줄 수 있었고, 숙였던 고개를 들어올릴 기운도 생겼다.

힘든 시간이 영원할 것 같아도 그렇지 않다. 겨울이 아무리 길어도 봄은 온다. 믿음의 문제가 아니라 자연의 순리다. 계절은 돌고, 시간은 흐르고, 변하지 않는 것은 없다.

지금 힘들다면 기억해야 한다. 봄은 반드시 온다는 것을.

지금 당장 보이지 않아도, 느낄 수 없어도, 어디에선가 다가오고 있다는 것을. 작은 봉오리처럼.

기다림은 지겹다. 언제까지 견뎌야 하는지 모르는 건 정말이지 고통스럽다. 하지만 봄은 온다. 때가 되면 온다. 반드시.

어쩌면 내가 준비되지 않아도, 내가 기대하지 않았다 하더라도. 봄은 모두를 데리러 온다. 겨울을 견딘 모든 것들을.

너무 애쓰지 않기

밤늦게까지 책상 앞에 앉아 있있다. 눈이 따갑고 머리가 묵직했는데도 손을 놓지 못했다. 조금만 더 하면 훨씬 좋아질 것 같았다. 하지만 다음 날 다시 보니, 어제의 애씀은 필요 이상이었다. 어젯밤의 나는 스스로를 너무 밀어붙이고 있었다.

열심히 살면 시간이 빨리 가고, 게으르게 살면 시간이 느리게 간다. 때로 나는 너무 빠르게 사는 것 같다. '이 정도면 충분하다'라는 말을 쉽게 하지 못한다. 그렇게 계속 달리다 보면 결국 지친다. 마라톤을 전력 질주로 뛰는 사람처럼 숨이 턱턱 막히게 되는 것이다.

인정한다. 나는 할 수 있는 것보다 욕심이 앞설 때가 많다. 하지만 시간도 에너지도 한정된 자원이다. 모든 일에 같은 힘을 쏟아붓는 건 현실적으로 불가능하다. 어떤 일은 60퍼센트로도 충분하다는 걸 받아들여야 한다.

"넌 뭐든 너무 애쓰는 것 같아." 어느 날 친구가 이렇게 말했다. 그 말이 처음엔 이해되지 않았다. 나는 최선을 다하는 게 당연하다고 생각했다. 하지만 친구는 조용히 말했다. "최선을 다하는 거랑 너를 갉아먹는 건 다른 거야."

그 말을 천천히 곱씹다 보니 내가 나에게 너무 엄격했다는 걸 깨달았다. 조금만 더, 조금만 더. 불안과 압박이 뒤섞인 목소리가 늘 내 안에서 울렸다. 마치 내가 슈퍼맨이라도 되는 것처럼 굴었다. 실수하면 안 되고, 지치면 안 되고, 멈추면 안 되는 사람처럼.

아마도 그때 나는 너무도 쉴 틈 없이 마구 달리고 있었나 보다. 며칠 뒤 갑자기 친구의 걱정 어린 표정이 떠올라서 하던 일을 잠시 멈췄다. 조금 힘을 빼볼까 싶었다. 처음엔 불안했다. '조금만 더 하면 더 좋아질 텐데'라는 생각이 계속 떠올랐다. 하지만 억지로 멈췄다. 그리고 다음 날 다시

봤을 때 깨달았다. 그 정도면 충분했다. 내가 애쓰던 만큼의 완벽은 필요하지 않았다.

너무 애쓰면 결국 번아웃이 온다. 나는 번아웃이 오면 이틀 정도 내리 잠만 자야 한다. 그러면 어느 정도 정리가 되지만, 그 전에 멈췄더라면 더 효율적이었을 것이다.

미리 쉬어야 한다. 멈출 수 있을 때 멈춰야 한다. 낼 필요가 없는 힘까지 쥐어짜지 말아야 한다.

너무 애쓰지 않기. 이건 게으름이 아니라 나를 지키는 방식이다. 내 한계를 인정하고, 에너지를 아껴 두고, 정말 중요한 순간에 나를 쓰기 위해서. 조금씩 가벼운 마음으로 살아가는 법을 배워가고 있다.

국가가 정한 나이가 되면 자동으로 성인으로 인정해 준다. 하지만 어른답게 사는 건 또 다른 이야기 같다.

내가 생각하는 어른은 '책임지는 사람'이다. 내 선택, 내 말, 내 행동을 책임지는 사람. 특히나 30대가 되니 10대나 20대와는 비교도 안 되게 큰 책임감이 생겨났다.

나 정도 나이가 되면 누구 탓도 할 수 없다. 부모님 탓도, 환경 탓도, 운 탓도 할 수 없다. 마치 배의 선장이 된 것처럼, 방향은 내가 정해야 하고 폭풍도 내가 헤쳐나가야 한다. 누구에게나 바람 좋은 날과 나쁜 날이 번갈아 찾아온다.

아무도 나 대신 결정해 주지 않는다. 부모님도, 선생님도, 배우자도. 선택은 내가 해야 하고 그 무게도 내가 짊어져야 한다. 때론 외로운 섬에 홀로 선 것 같기도 하지만, 그게 자유다. 오히려 나 대신 누가 뭘 선택해 주겠다고 하면 의심해야 한다. 그 의도가 매우 수상하다.

너무 세속적이라 비난할 수도 있지만 어른의 조건 중 하나는 '돈'이라고 생각한다. 어른이라면 스스로를 먹여 살려야 한다.

나는 직접 돈을 벌기 시작하면서 책임감이 더 커졌다. 사실 나 혼자 벌어먹고 살 때는 별다른 생각이 없었다. 그런데 나와 함께 일하는 사람이 생기면서 생각이 바뀌었다.

'어, 이번 달 매출이 이러면 내가 저 사람한테 월급을 제대로 줄 수 있나?'

함께 일하는 사람이 늘어날수록 더 크게 와닿았다.

'내가 망하면 나만 망하는 게 아니네? 저 사람들 생계까지 말아먹는 거네?'

내가 자본주의 사회에 살고 있음을 뼛속 깊이 체감한 것이다.

10대 때는 의무교육 받으면서 학교 다니는 게 일이다. 하지만

20대 때부터는 일도 공부도 다 자기 선택이다. 그리고 30대에 어떻게 하느냐, 구체적으로 어떻게 돈을 벌고 굴리느냐에 따라 미래가 바뀐다. 인생의 길은 하나가 아니지만, 돈이 계속 필요하다는 것은 바뀌지 않는 사실이다.

그러니까 어른으로서, 나를 책임지기 위해서는, 돈을 열심히 벌어야 한다는 말이다. 본업도, 투잡도, 재테크도 모두 다 함께 파이팅이다.

[illegible]kh4 부정적인 생각과 이별하기

부정적인 생각은 초대하지 않아도 찾아온다. 아침에 눈을 뜨면 이불 옆에 앉아 있고, 이동 중 지하철에서 어깨를 툭 치고, 잠들기 전 베개 밑에 숨어 있다. 예전에 나는 그 생각들과 씨름했다.

'왜 이런 생각이 드는 거지?'

'이건 잘못된 거야. 긍정적으로 생각해야 해.'

하지만 억지로 밀어내려 할수록 더 끈적하게 달라붙었다. 마치 타르 구덩이에 발을 빠뜨린 것처럼, 발버둥 칠수록 더 깊이 빠져들었다.

나는 몇 달간 우울에 빠져 지낸 적이 있다. 부정적인 생각들이 먹구름처럼 몰려와 하늘을 뒤덮었다.

'나는 안 돼. 뭐 할 수 있는 게 없어. 결국 실패할 거야.'

그 생각들과 싸우다가 지쳐서 그냥 누워만 있던 날들이었다.

변화는 작은 전환에서 시작됐다. 부정적인 생각을 없애려고 하는 게 아니라, 다른 생각으로 전환해 봤다. 싸우지 않고, 설득하려 하지 않고, 그저 '아, 또 왔네' 하고 인식한 뒤 다른 곳으로 시선을 돌렸다.

비 오는 날을 생각해 보라. 비를 막을 수는 없다. 내가 무슨 짓을 해도 비는 계속 내린다. 하지만 우산을 쓰고 빨리 걸어가면 피할 수 있다. 부정적인 생각도 마찬가지였다. 막을 수는 없지만, 내가 굳이 그 안에 오래 머물 필요는 없었다.

다른 생각을 해 보는 게 효과가 있어 구체적인 다른 방법도 찾아봤다. 누군가 추천한 호흡법을 실행해 봤다. 부정적인 생각이 찾아오면 빠르게 두 번 숨을 들이마시고, 멈췄다가, 길게 내쉬었다. 거기에 더해 '지금 이 생각은 사실이 아니라 감정이야'라고 속삭였다. 그다음에는 몸을 움직였다. 산책을 하거나, 음악을 틀거나, 친구에게 전화를 걸었다. 생각의 늪에서 빠져나오는 가장 빠른 방법은 행동이었다.

물론 매번 쉽지는 않다. 어떤 날은 부정적인 생각이 거머리처럼 달라붙어서 떼어 내기 힘들 때도 있다. 그럴 때는 억지로 떼어 내려 하지 않는다. '오늘은 힘든 날이구나' 하고 받아들인다.

부정적인 생각을 손님처럼 대해 보면 좋다. 잠시 들렀다 가는 손님. 영원히 머물 사람이 아니라는 것을 확신해야 한다. 인사는 하되, 자리를 내주지 않는다. 차 한 잔 대접하고 배웅한다.

✿　좋은 일이 오려는 신호

"좋은 일이 오려고 그러는 거야."

할머니가 자주 하시던 말씀이었다. 뭔가 잘 안 풀릴 때, 계속 꼬일 때, 운이 바닥인 것 같을 때. 어렸을 때는 그 말이 그냥 위로인 줄만 알았다. 나이 든 사람들이 하는 근거 없는 낙관 같은 것.

하지만 살다 보니 조금 알 것 같다. 정말로 그런 신호가 있다는 것을. 좋은 일이 오기 전의 신호는 이런 것이다.

- 막다른 길에 부딪히기.

- 더 이상 예전 방식으로는 안 된다는 것을 깨닫기.
- 무너지기.

모두가 피하고 싶어 하는 그런 순간들이 사실은 새로운 시작을 위한 공간을 만드는 과정이다. 나무가 새순을 틔우기 전에 낙엽을 떨구듯, 우리도 새로운 것을 받아들이기 전에 오래된 것들을 내려놓아야 한다. 그 내려놓음이 때로는 실패처럼 보이고, 상실처럼 느껴지지만, 사실은 준비 과정이다.

해 뜨기 전이 가장 어둡다는 말처럼, 좋은 일이 오기 전에는 힘든 시기가 온다.

물론 힘들 때는 그런 생각이 들지 않는다. 지금 이 고통이 무슨 의미가 있나 싶고, 언제까지 이래야 하나 싶다. 하지만 돌이켜 보면 대부분의 고통 뒤에는 뭔가 좋은 일이 따라왔다.

중요한 건 포기하지 않는 것이다. 실패에 묶이지 말고 내가 할 수 있는 일, '이건 못했지만 저건 내가 할 수 있지' 하면서 새로운 걸 자꾸 찾아나가는 게 중요하다.

지금 실패했다고 느껴지는가? 목표를 바꿔라. 목표라는 건 상황에 따라 바꾸면 되는 것이다.

사람들은 정확한 지식이 별로 없을 때 목표를 설정하고
그것에 집착하는 경향이 있다. 이전 목표가 아무리 좋아
보이고 인생을 걸고 투자한 것이었다 해도, 이미 실패했다는
느낌이 든다면 지금이 그때다. 목표를 바꿀 때.

✤ 딱 하나만

해야 할 일들이 한꺼번에 겹칠 때가 있다. 머릿속은 복잡하고 손을 뻗어도 아무것도 잡히지 않는 느낌이다. 이것도 중요하고 저것도 급해 보이는데 정작 어느 것 하나 진척은 없다. 여러 개를 동시에 붙잡으려다 결국 아무것도 붙잡지 못한다.

머리로는 이러면 안 된다는 걸 알지만 막상 그 가운데 뭔가를 내려놓는 것은 쉽지 않다. 모든 걸 다 해내고 싶은 마음이 든다. 하나만 선택하면 나머지가 영영 손에서 멀어질 것 같은 막연한 불안도 생긴다.

어느 날 친구가 비슷한 고민을 털어놓았다. 이것도 걱정이고 저것도 걱정이라며 고민거리를 열 개쯤 쏟아냈다. 나는 반사적으로 답했다. "그거 다 못해. 그중에서 딱 하나만 해결할 수 있다면 뭘 먼저 하고 싶어?" 친구는 잠시 멈추더니, 절대 포기 못할 두 가지를 골라냈다.

이어지는 친구의 이야기를 듣는 사이 나에게는 현실 자각 타임이 왔다. 왜 남에게는 쉽게 이야기하면서 내 일에는 어두운 건지.

우선순위를 정하는 건 어렵다. 모든 게 중요한 것처럼 보일 때가 많다. 하지만 똑바로 들여다보면 '지금 당장' 해야 할 일은 생각보다 많지 않다. 지금이 아니면 안 되는 일, 지금 해야 가장 효과적인 일. 그런 일은 생각보다 분명하다.

하나만 잡는다는 건 나머지를 영영 포기하는 게 아니라 당장의 순서를 정하는 일이다. 동시에 모두 하려고 하면 무너지지만 순서대로 하면 결국 대부분 해낼 수 있다. 결과도 훨씬 안정적이다.

복잡한 순간들은 계속 찾아올 것이다. 해야 할 일들이 쌓이고 마음이 어수선하며 생각이 소란스러울 때. 그럴 땐 멈춰서 다시 물어야 한다. '지금 딱 하나만 잡는다면 뭐지?'

답이 나오면 그 하나부터 해 보자. 나머지는 흐릿하게 둬 버리고.

하나만 잡는 연습. 이건 선택의 연습이고, 욕심을 내려놓는 연습이다. 모든 걸 동시에 붙잡으려다 결국 아무것도 잡지 못하는 것보다 하나를 확실히 잡는 편이 훨씬 멀리 간다. 하나씩 하나씩, 천천히 천천히. 먼 길은 그렇게 이어진다.

✿ 웃자, 웃어

그날은 일어날 때부터 기분이 별로였다. 잠을 설쳤고, 꿈도 별로였고, 몸이 무거웠다. 화장실에 가서 세수를 했는데 수건이 없었다. 빨래를 안 해둔 것이다. 한숨이 나왔다.

미팅 장소로 가는 길에선 행인에게 발을 밟혔다. 상대는 사과도 안 했다. 짜증이 목끝까지 차올랐다. 약속 장소에 도착하자 먼저 와 있던 동료가 말을 걸었다. "잘 왔어?" 퉁명스럽게 대답했다. "글쎄." 동료의 표정이 굳었다.

그제서야 뭔가 잘못됐다는 걸 깨달았다. 나는 아침부터 계속 세상에 날을 세우고 있었다. 내 기분이 나쁘다는 이유로. 별일 아닌 것에도 분노했고, 아무 잘못도 없는 사람에게 가시를 세웠다.

돌아보니 그날만 그런 건 아니었다. 기분 나쁜 날엔 말투가 거칠어졌고, 표정이 굳었고, 사소한 것에도 예민했다. 마치 구름 낀 날씨처럼 나도 모르게 차갑게 굴었다.

살다 보면 기분이 나쁜 날도 있다. 어쩌겠는가? 어떤 때는 기분이 좋고 어떤 때는 나쁘다. 그건 어쩔 수 없다. 하지만 내 태도, 내 행동은 기분과는 다르게 해 볼 수 있다. 기분이 나빠도 친절할 수 있고, 짜증이 나도 예의를 지킬 수 있다.

그날 오후, 잘못을 알았으니 바꿔야겠다는 생각이 들어 의식적으로 다르게 행동하기로 했다. 기분은 여전히 별로였지만 태도를 바꿨고 미안하다는 사과도 했다. "아침에 기분이 안 좋아서 그랬어. 미안." 동료는 웃으며 괜찮다고 했다.

저녁에 집에 돌아오는 길에 만난 편의점 직원은 친절했다. 나도 웃으며 고맙다고 했다. 별거 아닌데 기분이 조금 나아졌다. 억지로 웃었는데 진짜 웃음이 됐다.

기분과 태도를 분리하는 건 쉽지 않다. 기분이 나쁘면 자동적으로 인상을 쓰게 되고, 말투가 거칠어진다. 하지만 연습하면 조금씩 나아진다.

'지금 나 기분 나쁘다고 사람들한테 짜증 내고 있는 거야?'

당장 기분 조금 나쁘다고 상대방에게 함부로 대하면, 그 상처는 내 기분이 나아진 후에도 남는다. 상처는 기분처럼 빨리 사라지지 않는다. 누군가의 흉터로 남는다.

그래서 기분 나쁜 날에는 여느 날보다 더 조심한다. 내 기분을 남에게 덮어씌우지 않으려고. 내가 구름 속에 있다고 남까지 끌고 들어올 필요는 없으니까.

기분은 날씨처럼 변하지만, 태도는 내가 선택할 수 있다. 오늘 기분이 꿀꿀해도, 최소한 남에게는 따뜻할 수 있다. 이런 변화가 어른이 되는 일인 것도 같다.

게으름은
인생을 가장 조용히 망친다

'내일 하자.'

운동도, 공부도, 정리도. 내일은 할 거야. 오늘은 피곤하니까. 그렇게 하루가 갔다. 내일이 왔다. 그런데 똑같았다. 오늘도 피곤하니까 내일 하자.

게으름은 소리가 없다. 폭발하지도 않고, 경고음도 울리지 않는다. 그냥 조용히 스며든다. 마치 벽에 곰팡이가 피듯이. 처음엔 작은 점 하나였는데 어느새 벽 전체를 뒤덮는다.

소파에 누워 핸드폰을 보는 시간이 늘었다. 한 시간, 두 시간, 세 시간. 시간이 증발했다. 아무것도 한 게 없는데 하루가 끝났다. 침대에 누워 천장을 보며 생각했다. 오늘도 아무것도 안 했네.

게으름의 무서운 점은 습관이 된다는 것이다. 한 번 미루면 다음 번에도 미루게 된다. 그다음에도. 미루는 게 자연스러워진다. 마치 물이 낮은 곳으로 흐르듯.

게다가 게으름은 죄책감을 동반한다. 해야 할 걸 안 했다는 죄책감. 하지만 죄책감만 느끼고 행동은 하지 않는다. 내일은 할 거야, 내일은 진짜 할 거야. 그렇게 또 하루를 넘긴다. 죄책감은 쌓이고 행동은 없다.

게으름은 인생을 훔쳐간다. 조용히. 눈치채지 못하게. 하루하루는 별것 아닌 것 같은데, 쌓이면 1년이 되고, 3년이 되고, 10년이 된다. 돌이켜 보면 텅 비어 있다. 아무것도 남지 않는다.

변화는 작은 것에서 시작한다. 내일 하려던 걸 오늘 하는 거다. 딱 한 움큼 정도만. 스트레칭 30초, 설거지 2분, 책 한 페이지. 시작하면 이어진다. 2분이 10분이 되고, 10분이 20분이 된다. 몸이 움직이기 시작한다.

게으름을 이기는 방법은 거창하지 않다. 그냥 시작하는 것. 완벽하게 하려고 하지 않고, 오래 하려고 하지 않고, 딱

2분만. 일단 시작하면 멈추기가 어렵다. 시작이 제일 어렵다.

지금도 게으름은 속삭인다. 오늘은 쉬어도 돼. 내일 하면 돼. 하지만 이제는 안다. 그 속삭임을 따르면 인생이 조용히 사라진다는 것을. 그래서 일어선다. 무거운 몸을 이끌고. 오늘 할 일은 오늘 한다.

"뭐든 나를 중심에 놓고 생각한다"라고 하면 사람들은 종종 눈살을 찌푸린다. 이기적이라고. 하지만 나를 중심에 두는 것과 이기적인 것은 전혀 다른 이야기다.

나를 맨 뒤에 세워두고 살았던 적이 있다. 다른 사람들의 기대를 먼저 헤아리고, 남들이 원하는 모양으로 나를 접고 또 접었다. 그것이 좋은 사람이 되는 길이라고 믿었다. 하지만 그렇게 살수록 나는 점점 불편해졌고, 아이러니하게도 주변 사람들에게도 좋은 사람이 되지 못했다.

불행한 사람은 다른 사람을 행복하게 만들 수 없다. 빈 우물에서 어떻게 물을 길어 올릴 수 있을까? 내가 만족하지 못하는데 어떻게 남에게 만족을 줄 수 있을까?

나를 중심에 둔다는 건 나만 생각한다는 뜻이 아니다. 오히려 그 반대다. 나를 먼저 챙겨야 다른 사람도 제대로 챙길 수 있음을 아는 것이다. 비행기 안전 수칙을 떠올려 보자. 산소마스크가 내려오면 자신부터 먼저 착용하라고 한다. 나부터 숨을 쉬어야 옆 사람을 도울 수 있기 때문이다.

나를 중심에 두기 시작하면서 오히려 인간관계가 더 건강해졌다. 내가 무엇을 원하는지 명확히 표현하니 관계에서도 솔직해질 수 있었다. 억지로 맞춰 주려다 쌓이는 앙금 대신, 서로의 다름을 인정하며 편안한 거리를 유지힐 수 있게 되었다.

주변을 돌아보라. 정말로 좋은 영향을 주는 사람들은 자신을 불태우며 사는 사람들이 아니다. 오히려 자신을 잘 돌보고, 자신의 삶을 충실히 가꾸는 사람들이다. 그들은 자신이 행복하기 때문에 그 행복을 나눌 여유가 있다.

나를 중심에 두는 것은 나를 지키는 울타리를 치는 일이기도 하다. 모든 사람을 다 만족시킬 수는 없다. 사실 그럴 필요도 없다. 누군가는 항상 불만족할 것이고, 그건 그

'누군가'의 문제다.

　나를 중심에 두기 시작하면서 나는 더 나은 친구가 되었고, 더 나은 딸, 더 나은 동료가 되었다. 역설적이게도 나를 먼저 생각하기 시작하면서 다른 사람들에게도 더 따뜻해질 수 있었다. 내 안에 불이 켜져 있어야 남에게도 불을 나눠 줄 수 있으니까.

관계

[illegible]khg 가끔은 대놓고 물어보자

머칠 동안 친구에게서 연락이 없었디. 평소와 달랐고 괜히 마음이 불편했다. 바쁜 걸까, 화가 난 걸까, 나를 피하는 걸까. 별의별 생각이 다 머릿속을 돌아다녔다. 그러다 문득 생각했다. 그냥 물어봐야겠다.

전화를 걸어 조심스럽게 물었다. 요즘 왜 연락이 없냐고. 친구는 잠깐 웃더니 말했다. 정신없는 프로젝트 때문에 미처 답을 못 했다고. 그게 전부였다. 며칠 동안 괜히 혼자서 걱정한 셈이었다.

연인과의 다툼도 비슷했다. 서로 말이 없었고 분위기는

점점 더 어두워졌다. 먼저 물어보기가 이상하게 두려웠다. 며칠을 그렇게 끌다가 결국 용기를 내 물었다. 우리가 왜 싸우고 있는지, 내가 뭘 잘못한 건지. 알고 보니 아주 작은 오해였다. 진작 물어봤다면 길어지지 않았을 일.

대놓고 물어본다고 해서 무례한 건 아니다. 오히려 관계를 단단하게 지키는 방법일 수 있다. 돌려 말하다가 더 복잡하게 만드는 것보다 솔직하게 묻는 게 훨씬 빠르고 명료했다. 방식만 부드러우면 되는 문제였다.

이제 나는 불확실한 상황이 오면 가능한 한 바로 묻는다. 내가 뭔가 잘못한 건지, 어떤 뜻으로 한 말인지, 지금 어떤 상태인 건지. 상대의 마음을 대신 추측하려 하지 않는다. 솔직한 질문이 오히려 관계를 편하게 만든다는 걸, 여러 번의 경험 끝에 알게 됐다.

가끔은 돌려 말하지 않는 게 더 따뜻하다. 서로를 더 편하게 하는 길이기도 하다. 상상 속에서 헤매지 않고, 정확한 자리로 돌아오는 방법이랄까. 그러니까 궁금한 게 생기면 바로 물어보자.

"뭐 마음에 걸리는 게 있어?"

내가 해 본 방법 중엔 이게 가장 빠르게 서로에게 닿는 길이었다. 내 시간과 에너지를 불확실한 데에 낭비하지 말자.
그럴 시간에 상대와 직접 소통을 시도해 보자.

좋은 사람 곁에 있으면
행복도 따라온다

사람은 사람에게 물든다는 말이 있다. 처음엔 그냥 속담인 줄 알았다. 하지만 살아 보니 진짜였다.

어떤 사람 옆에 있으면 계속 불평이 나왔다. 그 사람이 매번 세상을 부정적으로 봤기 때문이다. 처음엔 공감한다고 맞장구를 쳤다. 하지만 시간이 지나니 나도 모르게 모든 것을 비관적으로 보게 됐다. 마치 잿빛 안경을 쓴 것처럼.

반대로, 어떤 사람 옆에 있으면 웃게 됐다. 그 사람이 작은 것에도 즐거워했기 때문이다. 길에 핀 꽃을 보고도 좋아했고, 공기가 맑으면 감탄했다. 함께 있다 보니 나도 똑같아졌다.

세상이 밝아 보였다.

사람은 거울이다. 부정적인 사람 옆에 있으면 나도 어두워지고, 긍정적인 사람 옆에 있으면 나도 밝아진다. 선택할 수 있다면, 밝은 거울 옆에 서는 게 낫다.

좋은 사람의 특징은 간단하다. 함께 있으면 편하다. 억지로 맞추지 않아도 되고, 가면을 쓰지 않아도 된다. 침묵이 어색하지 않고, 웃음이 자연스럽다. 마치 잘 맞는 옷을 입은 것처럼. 만나고 나면 기운이 빠지는 게 아니라 오히려 충전된다. 무거운 짐을 내려놓은 것처럼 가벼워진다. 그런 사람이 좋은 사람이다.

하지만 좋은 사람을 알아보는 건 쉽지 않다. 처음엔 다 좋아 보인다. 시간이 지나야 진짜 모습이 보인다. 급할 때, 힘들 때, 화날 때. 그럴 때 나오는 모습이 진짜다.

사람은 거울이라서 좋은 사람 곁에 있으면 나도 좋은 사람이 된다. 배려를 받으면 배려하게 되고, 존중받으면 존중하게 된다. 서로가 서로를 비춘다.

인생은 결국 누구와 함께 걷느냐로 결정된다. 같은 길이라도 누구와 걷느냐에 따라 풍경이 달라진다. 힘든 길도 좋은 사람과 함께면 견딜 만하고, 쉬운 길도 나쁜 사람과 함께면 비탈길이 된다.

지금 내 주변을 돌아보자. 누가 나를 웃게 하는지. 누가 나를 편하게 하는지. 누가 나를 성장시키는지 보자. 그 사람들이 좋은 사람이다. 그들 곁에 더 자주 있어야 한다. 좋은 사람과 함께 있는 것만으로도, 오늘은 좋은 날이 된다.

✖ 고통 속에 교훈이 숨어 있다 해도

"모든 고통에는 의미가 있어." 처음 이 말을 듣자 화가 났다. 누군가가 아파하는 나를 보고 건넨 위로였다. 하지만 ㄱ 말은 위로가 아니라 나를 후벼 파는 말처럼 느껴졌다. 지금 이렇게 아픈데, 의미를 찾으라고?

이별 후 몇 달을 힘들어했다. 밤 시간은 고역이었고 아침이 오는 게 피로했다. 그 시간 속에서 교훈을 찾으라고 하니, 나는 속으로 소리를 지를 수밖에 없었다. 지금은 교훈 따위 필요 없다고. 그냥 이 고통이 사라지길 바랄 뿐이라고.

하지만 시간이 지나고 나서, 그 말의 의미를 조금 알 것 같았다. 교훈은 고통의 한가운데서 찾는 게 아니었다.

폭풍우가 지나간 뒤에야 보이는 무지개처럼, 고통이 가라앉고 나서야 보이는 것이었다.

그 이별을 통해 나는 배웠다. 다른 사람에게 너무 많은 것을 걸지 말아야 한다는 것을. 상대방이 내 행복의 전부가 되면 안 된다는 것을. 나를 먼저 사랑해야 남도 제대로 사랑할 수 있다는 것을.

처음엔 쓰디쓴 약처럼 삼키기 힘든 깨달음이었다. 하지만 그 깨달음 덕분에 다음 관계는 더 건강했다. 같은 실수를 반복하지 않았고, 같은 방식으로 아프지 않았다.

친구와 싸웠을 때도 그랬다. 사소한 오해가 눈덩이처럼 커져서 결국 등을 돌렸다. 그날 밤 집에 돌아와 한참을 멍하니 앉아 있었다. 내가 뭘 잘못한 걸까. 왜 이렇게 됐을까.

시간이 지나고 돌아보니 보였다. 내 입장만 주장했다는 것. 친구의 말을 끝까지 듣지 않았다는 것. 내가 옳다는 것을 증명하려다 관계를 잃었다는 것. 그 다툼이 나에게 경청과 배려를 가르쳐 줬다.

모든 고통에는 교훈이 숨어 있다. 그렇다고 고통을 통해 학습하는 게 최선의 방법이라는 뜻은 아니다.

나는 지금 아파하는 사람에게 "의미를 찾아봐"라고 말하지 않는다. 그냥 옆에 앉아 있는다. 말없이 손을 잡아 준다. 고통 한가운데 있는 사람에게 줘야 할 건 교훈이 아니라 '나'라는 존재인 것 같다. "괜찮아질 거야"도 아니고 "이겨낼 수 있어"도 아닌, '나는 네 옆에 있어'라는 존재감의 인식. 교훈은 어차피 나중에 오니까. 내가 그걸 미리 꺼내 정답인 것처럼 말할 필요는 없어 보인다.

흙탕물이 가라앉으면 바닥이 보인다. 너무 급하게 찾으려 하면 오히려 물만 더 흐려진다.

✕ "안 돼"라고 말하기

부탁을 잘 거절하지 못했다. 친구가 주말에 이사를 도와달라고 하면 다른 약속이 있어도 취소했고, 선배가 시험 기간에 술 먹자고 부르면 술을 못 마시는데도 집에 가던 길을 돌렸다. 내가 원하는 게 뭔지는 중요하지 않았다. 마치 내 삶의 주인공이 아니라 조연처럼, 누군가의 기쁨을 위해 살았다.

그렇게 몇 년을 살다 보니 이상한 일이 생겼다. 부탁을 들어주고 집에 돌아오는 길, 아무런 문제도 없었는데 가슴 한구석이 허전했다. 마치 누군가 조금씩 나를 지워가는 것 같았다.

어느 날 대학 동기가 전화를 했다. 창업한 지 얼마 안 됐는데 주말에 도와줄 수 있냐고. 평소 같았으면 당연히 "응, 갈게"라고 했을 것이다. 하지만 그날은 말이 입 밖으로 나오지 않았다. 나는 그 주말을 기다리고 있었다. 밀린 빨래도 하고, 청소도 하고, 오랜만에 아무것도 안 하고 싶었다.

"미안한데, 나는 이번엔 힘들 것 같아."

정말 오랜만에 하는 거절이었다. 그러자 동기는 "그래, 알았어. 다음에 밥 먹자" 하고 전화를 끊었다. 별일은 없었다. 나만 혼자 죄책감에 시달렸다. 하지만 그 주말, 늦잠을 자고 일어나 창문을 열었을 때 상쾌한 기분이 들었다. 오랜만에 내가 원하는 걸 했다는 생각.

그때부터 조금씩 달라지기 시작했다. 부탁을 받을 때 먼저 나에게 물었다. 정말 도와주고 싶은가, 아니면 거절하기 미안해서인가. 억지로 도와주는 일이 줄어들자 정말 돕고 싶은 사람들을 위한 시간이 늘어났다. 관계의 질도 달라졌다. 피곤하면 피곤하다고 말할 수 있었고, 안 되는 건 안 된다고 할 수 있었다.

신기한 일이 일어났다. 나와 안 맞는 사람들은 자연스럽게 멀어졌고, 나와 맞는 사람들은 더 가까워졌다. 억지로 관계를 정리하거나 유지하려고 애쓰지 않았는데, 마치 물이 제 길을 찾아가듯 저절로 그렇게 됐다.

세상은 우리에게 배려하라고, 양보하라고 가르친다. 하지만 시간이 지나면서 알게 됐다. 나를 중심에 둬야 관계가 가벼워진다. 무거운 짐을 내려놓은 것처럼. 그리고 그 가벼움이 오히려 관계를 더 단단하게 만들어 준다.

지금도 가끔 예전 습관이 고개를 든다. 거절하지 못하고 "응"이라고 하거나, 내 불편함을 삼켜 버리려고 할 때가 있다. 하지만 예전보다는 훨씬 빨리 알아챈다. "안 돼"라고 말할 타이밍을.

낯선 사람

낯선 사람과의 대화는 오히려 부담이 없다. 원하지 않는 이야기를 나눌 필요도 없고, 이 대화를 책임져야 한다는 무게감도 없다. 지금 이 순간의 말만 오간다. 마치 백지 위에 가볍게 신을 그리는 것처럼.

기차에서 옆자리에 앉은 사람에게 목적지를 묻다가 두 시간을 떠들었던 날이 있다. 음식 이야기, 여행 이야기. 특별한 내용을 나눈 것도 아니었는데 내릴 때 서로에게 건넸던 "좋은 하루 되세요"라는 말이 오래 남았다. 다시 볼 일은 없겠지만 그 시간은 분명 즐거웠다.

낯선 사람에게는 오히려 더 솔직할 수 있다. 다시 만나지 않을 거라는 확신이 편안함을 주는 것 같다. 평가받을 걱정도, 서툰 말을 후회할 걱정도 없다. 그저 새로운 책을 읽은 것처럼, 한 사람의 인생 이야기를 짧막하게 엿본다. 낯선 대화 후에는 내 세상이 조금 더 넓어져 있다.

여행길에 우버 운전자와 3시간 넘게 떠든 적도 있다. 그 사람이 하루를 어떻게 쪼개 사는지, 자기 나라의 젊은이들이 어떤 상황에 처해 있는지, 이 일로 이루고 싶은 꿈은 무엇이고 미래를 위해 뭘 준비하고 있는지. 우리는 서로를 모르지만 순식간에 각자의 과거와 현재, 미래를 공유했다.

낯선 이와의 대화는 작은 창문 같다. 내가 모르는 세계를 잠깐 들여다보게 하는 창문. 같은 도시에서 살아도 전혀 다른 삶을 살고 있는 사람들이 많다는 걸 새삼 느끼게 한다. 지구 반대편에 살아도 나처럼 고민도 하고 희망도 품고 살아가는구나 하는 걸 느낄 수 있다. 내가 아는 세상이 전부가 아니라는 걸, 이야기 몇 마디로 실감하고는 한다.

낯선 이와의 대화는 작은 모험이기도 하다. 부담 없는 만남, 짧은 인연, 금방 스쳐 지나가는 사람들. 하지만 그 덧없음이 오히려 흡족하다. 어디로 흘러갈지 모르는 대화, 그 산뜻함이 오래 마음에 남는다. 계획 없던 대화 속에서 내 인생의 무언가를 깨닫기도 한다.

그래서 나는 낯선 사람에게 말을 건다. 정류장에서, 공원 벤치에서, 엘리베이터 안에서. 별 뜻 없는 말들이 짧게 스쳐 지나가다가도 어느 날은 예상치 못한 대화로 이어지기도 한다. 내가 평생 겪어본 적 없는 미지의 세계로.

[illegible]kh4 비교라는 늪에서 빠져나오기

SNS를 열면 세상은 언제나 완벽하게 포장되어 있다. 에메랄드빛 바다가 펼쳐진 여행 사진, 정갈하게 차려진 브런치, 환하게 웃고 있는 사람들. 그런 것들을 보다 보면 어느새 내 삶을 저울 위에 올려놓게 된다.

비교는 참 자연스럽게 찾아온다. 버스에서 옆 사람의 가방을 힐끗거리고, 카페에서 누군가의 대화를 엿듣고, 심지어 이불 속에서도 머릿속에서는 끊임없이 누군가와 나를 견주게 된다.

그런데 비교가 내게 남긴 것은 무엇이었을까. 반추해 보면 만족감보다는 결핍이 훨씬 더 많았다. 남들보다 조금 나은 것 같을 때는 잠깐 풍선처럼 부풀어 올랐지만, 그 기분은 다음 게시물을 넘기는 순간 터져 버렸다. 나는 끝없이 추락하고 있었다.

비교에는 끝이 없고, 그래서 잔인하다. 아무리 높이 올라가도 항상 더 높은 산이 있고, 아무리 많이 가져도 더 많이 가진 사람이 있다.

어느 날부터 이런 생각을 하게 되었다. '저 사람도 저 사람 나름의 힘듦이 있겠지.' SNS에 올라오는 것들은 대부분 삶의 하이라이트만 편집한 예고편 같은 것이다. 누구에게나 잠 못 드는 새벽이 있고, 혼자 삼켜야 하는 눈물이 있다. 다만 그런 장면들은 필름에 담기지 않을 뿐이다.

그리고 무엇보다, 각자의 삶이 다르다는 것을 깨달았다. 어림짐작으로 남이 나보다 행복할 것이다 또는 불행할 것이다 짐작하는 것 자체가 잘못된 생각이었다.

비교 대신 나는 다른 질문을 하기 시작했다. '나는 어제의 나보다 나아졌을까?' 이 질문은 훨씬 따뜻했다. 남들과의 비교에서는 찾을 수 없었던 답들이, 과거의 나를 돌아볼 때는 선명하게 보였다.

작년 이맘때의 나보다 더 자주 웃게 되었나? 석 달 전의 나보다 더 단단해졌나? 이런 질문들은 나를 보이지 않는 경주에서 끌어내 주었고, 내 속도로 걸어갈 수 있게 해 주었다.

물론 전혀 비교를 하지 않고 살 수는 없다. 때로는 다른 사람들을 보며 영감을 얻기도 하고, 배울 점을 발견하기도 한다. 하지만 그것과 나를 갉아먹는 비교는 다르다.

남들의 삶은 남들의 것이고, 내 삶은 내 것이다. 이 단순한 진리를 가슴으로 받아들이는 순간부터, 나는 진짜 내 이야기를 쓸 수 있었다.

기대하지 않는 연습

기대했다. 메시지가 올 거라고. 전화가 올 거라고. 하지만 하루가 지나도록 조용했다. 핸드폰을 들었다 놨다를 반복했다. 서운함이 목구멍까지 차올랐다. 기대가 실망으로 바뀌는 건 한순간이었다.

기대는 자주 빗나갔다. 이 사람은 이렇게 행동할 거라고, 이 일은 이렇게 될 거라고, 세상은 이렇게 돌아갈 거라고. 내 머릿속에서 시나리오를 쓰고, 그 시나리오대로 되지 않으면 실망했다. 마치 내가 쓴 각본대로 세상이 움직여야 한다고 믿는 것처럼.

누군가에게 호의를 베풀면 기대했다. 나도 언젠가 돌려받을 거라고. 하지만 돌아오지 않을 때가 더 많았다. 그럴 때마다 배신감이 들었다. '나는 이렇게 해 줬는데.' 하지만 생각해 보니 내가 해 준 건 상대방이 부탁하지도 않았던 일이었다. 내가 알아서 기대를 만들고 알아서 실망한 것이다.

기대를 내려놓기 시작했다. 쉽지 않았다. 기대는 습관처럼 몸에 배어 있었다. 하지만 조금씩 연습했다. 선물을 주면서 답례를 기대하지 않았다. 친절을 베풀면서 보답을 기대하지 않았다. 연락을 먼저 하면서 답장을 기대하지 않았다.

상대에게 맞는 적절한 기대도 중요하다. 혼자 너무 크게 기대했다가 실망하고 괴로워할 수도 있다. 나 혼자 기대했기 때문이다. 사람들은 내 기대대로 움직이지 않는다. 그들은 그들의 방식대로, 그들의 속도로 산다. 내가 원하는 반응을 보이지 않을 수도 있고, 내가 생각한 대로 행동하지 않을 수도 있다. 그런다고 그게 잘못이 아니다. 그들은 내 각본 속 배우가 아니니까. 서로가 서로에게 만족하는 관계는 물질적으로 주고받는 양과는 상관없이 '좋은' 관계다. 서로의 균형이 맞는다는 이야기니까.

기대하지 않으니 실망하지 않았다. 돌아오지 않는 게

당연했고, 돌아오면 감사했다. 마치 꽃을 기대하지 않았는데 길가에 핀 꽃을 발견한 것처럼 반가웠다. 기대가 사라지니 모든 게 선물이었다.

기대하지 않는다는 건 무관심한 게 아니었다. 오히려 더 자유로운 거였다. 상대방이 내 기대에 부응해야 한다는 압박에서 벗어나고, 나도 실망이라는 무게에서 벗어난다. 상대방은 상대방대로, 나는 나대로 숨 쉴 공간이 생긴다.

남에 대한 기대를 완전히 버리기는 어렵다. 하지만 예전보다는 훨씬 가벼운 정도로만 기대하려 한다. 기대가 이루어지지 않아도 괜찮다는 걸 아니까.

기대하지 않는 연습. 그것은 세상을 있는 그대로 받아들이는 연습이다. 내 바람대로가 아니라 흘러가는 대로. 그렇게 사니 덜 힘들다.

부모와 자식 사이에는 설명할 수 없는 무언가가 흐른다. 사랑이라고 하기엔 너무 복잡하고, 의무라고 하기엔 너무 깊다. 마치 보이지 않는 실로 연결된 것처럼, 멀리 떨어져 있어도 서로의 존재를 느낀다.

어렸을 때는 부모님이 영원할 거라고 믿었다. 언제나 그 자리에, 그 모습으로 계실 거라고. 하지만 어느 순간부터 부모님의 뒷모습이 달리 보이기 시작했다. 어머니의 손등에 핏줄이 도드라지고, 아버지의 머리카락이 예전처럼 검지만은 않다는 것을 알아챘을 때, 나는 처음으로 시간이 무섭다는 걸 알았다. 물이 새는 것처럼 조용히, 하지만 멈출 수 없이 흐르고 있었다.

10대 때는 답답했다. 왜 내가 원하는 것과 다른 걸 원하실까. 그때는 몰랐다. 부모님도 처음 부모가 되신 분들이고, 나를 키우며 함께 배워가는 중이라는 것을. 완벽한 부모는 없고, 완벽한 자식도 없다는 것을.

성인이 되고도 한참이 지나서야 깨달았다. 부모님이 나를 위해 포기한 것들이 얼마나 많았는지를. 당신들의 꿈, 당신들의 시간, 때로는 당신들의 행복까지도. 그것들이 너무나 당연하게 느껴져서, 나는 한 번도 고마워하지 않았다. 공기가 당연하듯, 부모님의 희생도 그렇게 당연한 것으로 여겼다.

어머니의 깊어진 주름을 보며 생각했다. 이 주름이 얼마나 많은 시련을 견뎠을까. 아버지의 희끗한 머리카락을 보며 생각했다. 이 머리카락 하나하나에 새겨진 고통들은 얼마만한 무게였을까. 그제야 알았다. 부모님의 사랑은 말이 아니라 몸으로 쓰인 책이라는 것을. 주름 하나, 흰머리 한 올에 담긴 이야기들.

부모님도 완벽하지 않다는 걸 받아들이는 데 시간이

걸렸다. 내가 원하는 부모님의 모습과 실제 부모님 사이의 간극. 그 사이에서 나는 오랫동안 서운함을 품고 살았다. 하지만 이제는 안다. 부모님도 그저 사람이고, 최선을 다했지만 때로는 부족했을 수 있다는 것을. 그리고 그것이 나를 덜 사랑해서가 아니라는 것을.

가끔 이런 생각을 한다. 부모님과 함께 보낼 수 있는 시간이 얼마나 남았을까. 모래시계의 모래알처럼, 계산해 보면 생각보다 많지 않다. 그래서 요즘은 전화를 더 자주 한다. "오늘 뭐 하셨어요?" 예전엔 형식적으로 느껴지던 이 질문이, 이제는 진심으로 궁금하다. 부모님의 하루하루가 건강하고 평안하기를 바라는 마음으로.

✤　남들의 시선에서 자유로워지기

길을 걸으며 등 뒤로 따라붙는 것 같던 시선들, 실수를 했을 때 세상이 멈춘 것 같던 그 순간들. 나는 모두가 나를 보고 있다고, 내 실수를 일기장에 적듯 기억할 거라고 믿었다.

하지만 어느 순간 돌이켜 보니 그건 대부분 내가 만들어 낸 무대였다. 사람들은 각자의 삶을 살기에도 벅차서, 내 실수나 모습 따위는 금방 잊어버렸다.

처음엔 약간 어안이 벙벙했다. 세상에서 가장 큰 실수를 한 것처럼 나를 몰아세우더니? 지금은 또 아무도 관심이 없어? 하지만 곧 알게 되었다. 이것이 얼마나 기꺼운 일인지를.

아무도 나를 그렇게까지 주시하지 않는다면, 나는 좀 더 내 방식대로 숨 쉴 수 있다는 뜻이니까.

예전의 나는 보이지 않는 무대 위에서 살았다. 이 옷을 입으면 어떻게 생각할까, 이런 말을 하면 이상한 사람으로 낙인 찍히지 않을까. 하루 종일 보이지 않는 관객들의 눈치를 보며 숨을 죽이고 살았다.

그런데 그 관객들은 애초에 존재하지 않았다. 아니, 정확히 말하면 그들도 자기 인생의 주인공으로 살기에 바빴다. 나는 기껏해야 그들 인생의 단역 정도였고, 그마저도 다음 장면이 시작되면 잊히는 배역이었다.

이 사실을 받아들이자 어깨가 가벼워졌다. 하고 싶은 말을 할 때 너무 멀리까지 생각하지 않아도 됐고, 실수를 해도 예전만큼 밤새 고민하며 되뇌지 않게 되었다.

물론 완전히 남의 시선에서 자유롭게 살 수는 없다. 어느 정도의 사회적 인정은 살아가는 데 필요한 빛과 공기 같은 것이다. 하지만 그것과 남의 시선에 짓눌려 숨조차 제대로 쉬지 못하는 것은 전혀 다른 이야기다.

중요한 건 균형이다. 타인의 의견을 완전히 무시할 필요는 없지만, 그것이 내 삶의 나침반이 되어서도 안 된다.

‘괜찮아, 아무도 그렇게까지 신경 쓰지 않아.’ 이런 생각을 하며 오늘도 나는 조금씩 자유로워진다. 남들의 기준이 아닌 나의 기준으로, 남들의 평가가 아닌 나의 만족으로 하루를 채워간다.

중요한 건 남들이 나를 어떻게 보느냐가 아니라, 내가 나를 어떻게 바라보느냐다. 그 중심만 잃지 않는다면, 남들의 시선은 그저 스쳐 지나가는 봄바람일 뿐이다.

결이 맞는 사람

나에게 해로운 사람들이 있다. 만날 때마다 에너지를 빼어가는 사람. 그들이 의도적으로 그러는 건 아닐 수 있다. 하지만 의도와 무관하게, 그 사람과의 관계가 나에게 독처럼 스며든다면 거리를 두어야 한다.

해로운 사람을 구별하는 방법은 일견 쉬워 보인다. 폭력적인 사람, 사기 치는 사람, 거짓말 하는 사람, 이간질하는 사람은 당연히 나쁜 사람이다. 그런데 가끔 정말 어려울 때가 있다. 나는 이상하게 불편한데 이 사람이 객관적으로 '착한 사람'일 때다.

예를 들어 감정적으로만 말하거나 자기 표현이 너무 적은 사람들이 있다. 그들이 나쁜 사람은 아니다. 하지만 나는 논리적인 대화를 공기처럼 필요로 하고, 또 대화를 통한 정보 습득을 매우 중시하는 사람이기에, 그런 사람들과 너무 오래 대화하면 숨이 막힌다.

기억해야 할 것은 '좋은 사람'과 '나에게 이로운 사람'이 항상 일치하지는 않는다는 사실이다. 어떤 사람은 객관적으로 좋은 사람일 수 있다. 착하고, 성실하고, 도덕적일 수 있다. 하지만 나와는 맞지 않을 수 있다. 그리고 그것은 누구의 잘못도 아니다.

관계에서 중요한 것은 상대방이 절대적으로 좋은 사람인가가 아니라, 나와의 관계에서 서로에게 어떤 색을 칠하는가다. 같은 사람도 어떤 이에게는 해로운 사람이고, 다른 이에게는 이로운 사람일 수 있다.

나에게 이로운 사람들의 특징을 생각해 보면 이렇다. 함께 있을 때 나는 나답게 있을 수 있다. 뒤돌아봤을 때 좋은 점이 더 많이 생각나면 좋은 관계다. 만났다 헤어지고 나서 긍정적인 기분이 들면 그게 가장 중요하다.

물론 모든 관계가 완벽할 수는 없다. 가끔의 불편함이나 작은 마찰은 살아 있는 관계의 증거다. 문제는 그 불편함이 일시적인 소나기인가, 아니면 끊임없이 내리는 장마인가다.

나를 지키기 위해서는 때로 선택을 해야 한다. 나에게 해로운 사람들과는 거리를 두고, 나에게 이로운 사람들에게 더 많은 시간과 에너지를 쏟아야 한다.

나에게 해로운 사람을 멀리하고, 이로운 사람을 가까이 하는 것. 그것은 내 삶의 질을 결정하는 중요한 선택이다.

친구가 답장을 하지 않았다. 읽음 표시만 남아 있었다. 순간 머릿속이 분주해졌다. '내가 뭔가 잘못했나?' 내가 보낸 메시지를 복기하며 한참이나 나의 잘못을 찾았다. 뭔가 기분 나쁘게 만든 부분이 있을 거라 추측하며. 하지만 실제로 일어난 사실은 단순했다. 친구가 답장을 하지 않았다는 것. 그뿐이었다.

예전엔 모든 일을 내 중심으로 해석했다. 누군가 표정이 굳어 있으면 나 때문이라고 생각했고, 말투가 딱딱하면 나를 싫어한다는 신호처럼 느껴졌다. 세상이 나를 기준으로 움직인다는 착각 속에서 살았다. 하지만 시간이 지나고 보니 대부분의 일은 나와 아무 상관이 없었다.

있는 그대로 본다는 건 상상에 살을 붙이지 않는 것이며 사실과 이야기를 구분하는 일이다. 친구가 답장을 하지 않았다면, 그건 그냥 답장을 하지 않은 것이다. 거기에 의미를 더하는 건 언제나 나다.

미팅 자리에서 누군가 내 의견에 반대하면 기분이 상할 수도 있고 나를 무시한다고 생각할 수도 있다. 하지만 사실 그 사람은 그냥 다른 의견을 말한 것뿐이다. 거기에 공격의 의미를 얹는 건 내 몫이며, 내가 멋대로 만든 해석이다.

있는 그대로 보는 연습은 생각을 끊어내는 연습에 가깝다. 꼬리를 무는 상상 앞에서 멈추는 일이다. 실제로 일어난 일만 남기고, 나머지 해석은 잠시 비워두는 일. 대부분의 걱정은 사실이 아니라 상상에서 시작된다는 걸 깨닫는 일.

길에서 아는 사람을 보고 손을 흔들었는데 상대가 아무 반응 없이 그냥 지나친 경험, 누구나 한번쯤 있을 것이다. 예전에는 그게 못내 무안하고 서운했다. '나를 피하나? 관계가 멀어진 건가?' 하지만 지금은 안다. 그 사람은 그냥 나를 보지 못한 것이다. 생각에 잠겨 있었거나 바빴을 수도 있다. 그 명확한 가능성을 두고 굳이 가장 상처되는 이유를 고르는 건 늘 나였다.

지금도 가끔 상상의 늪에 빠진다. 하지만 힘껏 제동을 건다. '아, 또 쓸데없이 추측하고 있네.' 그러면서 멈춘다. 사실로 돌아온다. 실제로 일어난 일만 남기고 나머지는 내려놓는다.

있는 그대로 본다는 건 세상을 단순하게 바라보는 일이다. 복잡하게 만드는 건 언제나 내 마음이다. 사실은 생각보다 단순하다.

�֎ 새로운 관계를 위한 틈 만들기

서른이 넘어서야 비로소 알게 된 것은, 사람은 만나기는 쉬워도 헤어지기는 정말 어렵다는 사실이었다.

관계에도 유통기한이 있다는 걸 알았을 때, 나는 이미 몇 해를 썩은 우유를 마시며 보낸 후였다. 배탈이 나도 계속 마셨다. 원래 우유는 이런 맛이었나, 싶어서.

끝내야 할 관계의 신호들은 생각보다 또렷했다. 그 사람과 만난 뒤 집에 돌아와 거울을 보면 내 얼굴이 삭아 보였다. 만날 약속을 잡을 때마다 핸드폰을 붙잡고 한참을 망설였다. 그 사람 때문에 정말 소중한 것들, 나 자신, 내 시간, 내 마음을 자꾸 미뤄 뒀다.

모든 관계에는 그림자가 있다는 걸 안다. 완벽한 사람도, 완벽한 관계도 없다는 것도. 하지만 그림자가 햇빛을 가릴 때, 그 관계 안에서 내가 자꾸만 시들어갈 때는 이야기가 다르다.

가장 마음이 아픈 건 우리가 전혀 다른 사람임을 깨달았을 때였다. 그저 우리가 다른 속도로 걷고 있거나, 다른 방향을 바라보고 있을 뿐일 때. 그럴 때는 누구를 탓할 수도 없어서 더욱 오래 헤맸다. 맞지 않는다는 것이 누군가의 잘못은 아니라는 걸 받아들이는 데 시간이 필요했다.

나는 지금의 관계를 정리해야 하는지, 정리한다면 어떻게 해야 할시에 대해 고민했다. 첫 번째로는 이 관계가 나를 더 나은 사람으로 만들어 주는지, 아니면 더 작은 사람으로 만드는지를 솔직히 들여다보기로 했다. 그리고 관계를 정리할 때는 가능한 한 정직하려고 했다. 어징쩡하게 희미해지기보다는 명확하게 끝내려고. 모든 이별이 드라마틱할 필요는 없지만, 최소한 내 마음만큼은 선명하게 정리하고 싶었다.

관계를 정리하는 것은 무너뜨리는 일이 아니다. 때로는 그것이 서로를 위한 가장 따뜻한 선택일 수 있다. 맞지 않는

퍼즐 조각들을 억지로 끼워 맞추는 것보다는, 각자에게 맞는 자리를 찾아가는 것이 더 아름다울 수 있으니까.

관계를 정리한 뒤 찾아오는 공허함과 죄책감도 받아들이기로 했다. 그런 감정들마저 내가 누군가를 사랑했다는 증거니까. 하지만 시간이 지나고 나면 대부분 그 선택이 옳았다는 걸 알게 됐다.

끝내야 할 관계를 정리하는 용기. 그것은 새로운 시작을 위한 공간을 마련하는 용기이기도 하다. 내 삶이라는 작은 뜰에서 시든 꽃을 정리하는 것은, 새로운 씨앗이 자랄 자리를 만들어 주는 일과 같다.

사람은 나쁜 기억을 오래 붙든다. 좋은 일이 열 번 있어도 나쁜 일 한 번이 더 선명하게 남는다. 위험을 기억해야 살아남던 시대가 길었기 때문인지 마음도 늘 상처 쪽으로 기운다. 관계에서도 이 습관은 그대로 이어신나. 누군가와 함께한 수많은 좋은 순간들은 희미해지고 단 한 번의 상처만 또렷하게 남는다.

좋은 기억은 그냥 두면 금세 사라진다. 상처는 가만히 있어도 남는데 따뜻했던 순간은 조금만 외면해도 흐려진다. 그래서 우리가 발휘해야 하는 건 의지가 아니라 기술이다.

좋은 기억을 기억하는 기술. 나쁜 기억만으로 관계를 판단하지 않으려는 태도. 양쪽의 무게를 조금이라도 맞추려는 마음.

관계가 어긋날 때면 좋은 기억을 떠올리려고 노력한다. 그 사람이 해준 작은 다정함들, 함께 웃었던 순간들, 나를 가볍게 만들어 줬던 말들. 사실 화가 나 있을 때는 이런 것들이 잘 떠오르지 않는다. 하지만 억지로라도 꺼내보면 분명히 있다. 관계를 이어오게 만든 힘들이.

좋은 기억은 일종의 저금 같다. 쌓아 둔 것이 있어야 힘든 날 꺼내 쓸 수 있다. 좋은 날이 하나도 기억나지 않는 관계는 작은 충돌에도 쉽게 무너진다. 하지만 따뜻한 순간들이 차곡차곡 쌓인 관계는 파도가 와도 금세 부서지지 않는다.

그래서 의도적으로 좋은 순간을 마음속에 저장하는 습관을 들였다. 누군가 나를 생각해 준 말, 사소하지만 따뜻했던 행동, 함께한 조용한 시간들. 이런 순간들을 그냥 흘려보내지 않는다. 글 한 조각, 사진 한 장으로 마음 한쪽 서랍에 넣어두듯 천천히 간직한다.

사람과의 관계는 늘 흔들린다. 오해가 생기고, 실수가 있고, 서운함도 생긴다. 하지만 그때마다 기억 속 서랍을 열어 보면,

‘그래도 이 사람이 이런 순간을 줬지’라는 기억이 나를 붙잡아 준다. 그 기억들이 관계를 다시 바라보게 만든다.

좋은 기억을 오래 간직한다는 건 나쁜 기억을 지우는 일이 아니다. 상처를 무시하는 것도 아니다. 다만 한쪽으로만 기울어지지 않게 균형을 맞추는 일이다. 좋은 것까지 잊어버리면, 관계는 금세 어둡게 왜곡될 테니까.

지금도 누군가와의 사이가 어려워질 때면 좋은 기억을 꺼내 본다. 웃었던 날, 고마웠던 순간, 마음을 움직였던 말. 그때의 온기를 떠올리면 다시 한 걸음 나아갈 힘이 생긴다. 관계를 이어갈 이유가 다시 보인다.

나이가 들수록 연락처는 늘어나지만, 진짜 가까운 사람은 줄어든다. 그리고 그것이 자연스러운 일이라는 것을 이제는 안다. 마치 나무가 자라면서 가지를 쳐내듯.

어렸을 때는 많은 사람을 아는 것이 중요하다고 생각했다. 네트워크가 넓을수록, 아는 사람이 많을수록 풍요로운 삶이라고 믿었다. 그래서 모임에도 열심히 나가고, 명함을 모으고, 사람들을 만나려고 애썼다. 하지만 시간이 지나면서 깨달았다. 많은 관계가 반드시 좋은 것은 아니라는 것을. 옷장이 가득 찼다고 해서 입을 옷이 있는 건 아닌 것처럼.

100명의 아는 사람보다 5명의 진짜 친구가 더 소중하다. 피상적인 관계들로 시간과 에너지를 흩뿌리는 것보다, 진심으로 통하는 사람들과 깊이 있는 관계를 가꾸는 것이 훨씬 의미 있다. 얕은 우물 열 개보다 깊은 우물 하나가 가뭄을 견뎌낸다.

많은 관계를 유지하려고 하면 피곤하다. 각자의 생일을 기억하고, 연말에 인사를 돌리고, 가끔씩 연락해서 안부를 묻는다. 하지만 그런 관계들 중 정말 내가 무너질 때 달려와 줄 사람은 몇 명이나 될까? 정말 속내를 꺼내 놓을 수 있는 사람은 몇 명이나 될까? 숫자만 많은 연락처는 그저 무거운 주소록일 뿐이다.

물론 넓은 인맥이 필요할 때도 있다. 업무적으로, 사회적으로 다양한 사람들을 아는 것이 도움이 될 수 있다. 하지만 그것과 진짜 깊은 관계는 다르다. 인맥은 네트워크고, 관계는 뿌리다. 인맥은 수평으로 퍼지지만, 관계는 수직으로 깊어진다.

인생이 깊어갈수록 인간관계의 수보다 질이 더 중요해진다. 아는 게 너무 적을 때는 많은 사람을 만나며 배우고 경험하는 것이 중요하다. 하지만 점점 내가 누구인지, 무엇을 원하는지 명확해지면서, 나와 주파수가 맞는 사람들이 누구인지도 선명해진다.

그리고 그때부터는 선택을 해야만 한다. 나와 맞지 않는 사람들과의 관계는 자연스럽게 파도처럼 멀어지고, 진짜 소중한 사람들과는 뿌리처럼 더 깊이 얽힌다. 이것은 냉정함이 아니라 성숙함이다. 계절을 아는 나무가 낙엽을 떨구듯.

깊은 관계를 맺을 때 조심해야 할 것도 있다. 선택과 집중을 하되, 그 선택이 잘못되면 위험할 수 있다. 한두 명에게만 의존하다가 그 관계가 깨지면 큰 타격을 받을 수 있다. 적절한 균형이 필요하다. 너무 많지도, 너무 적지도 않게.

중요한 것은 그 사람들과 함께 있을 때 나 자신일 수 있느냐다. 억지로 다른 모습을 연기해야 한다면, 그것은 아무리 오래 알고 지낸 사이라도 깊은 관계라고 할 수 없다. 깊은 관계는 진짜 나를 받아들여 주는 관계다.

마음을 추스르는 법

배신은 예고 없이 찾아온다. 그리고 그 충격은 오래간다. 마치 지진처럼, 첫 번째 흔들림이 지나간 후에도 여진이 계속된다.

믿었던 사람에게 뒤통수를 맞는다는 표현이 있다. 정말 그런 느낌이다. 등 뒤에 칼이 꽂힌 것 같고, 발밑의 땅이 순식간에 무너지는 것 같다. 특히 가까운 사람일수록 그 상처는 더 깊이 파고든다. 믿음이 깊었던 만큼 배신의 골도 깊다.

배신당했을 때 가장 먼저 드는 생각은 '내가 뭘 잘못했을까'다.

내가 부족해서, 내가 실수해서, 내가 모자라서 그런 일이 일어났을 거라고 자책한다. 마치 배신당한 것까지 내 탓인 것처럼. 하지만 시간이 지나고 나면 알게 된다. 배신은 내 잘못이 아니라는 것을. 배신은 배신한 사람의 선택이다.

배신을 이미 당했다면 상대에게 집착하기 쉽지만, 그보다는 나 자신에게 집중해야만 한다. 왜 그 사람이 그랬는지, 어떻게 그럴 수 있는지를 끊임없이 곱씹어도 답이 나오지 않는다. 상대방의 마음속은 미로처럼 복잡하고, 알아봤자 더 괴로울 뿐이다. 그 미로에 갇히면 빠져나올 수가 없다.

대신 나에게 물어야 한다. '나는 이 상황에서 무엇을 배울 수 있을까? 이 경험이 나를 어떻게 단단하게 만들까?' 배신의 고통에 매몰되는 대신, 그것을 성장의 거름으로 만드는 것. 쉽지 않지만 그것이 유일하게 내가 선택할 수 있는 길이다.

한 가지 분명한 건, 한 번 배신한 사람이 두 번은 안 할 것이라는 기대는 진짜 버려야 한다는 것이다. 사람은 잘 바뀌지 않는다. 변할 거라는 기대는 모래 위에 집을 짓는 것과 같다. 그 기대 때문에 관계를 지속하다가는 또다시 같은 칼에 찔릴 수 있다.

배신당했을 때 마음을 추스르는 가장 좋은 방법은 거리를 두는 것이다. 물리적으로도, 감정적으로도. 그 사람과의 관계를 정리하거나 최소한으로 줄이면서, 내 마음을 돌보는 데 집중한다. 상처 입은 동물이 조용한 곳에서 쉬듯이.

그리고 이 경험을 통해 배운다. 앞으로는 누구에게 어느 정도의 믿음을 줄 것인지, 어떤 관계를 맺을 것인지. 배신은 아프지만, 그것이 나를 더 현명하게 만들 수 있다. 상처는 흉터가 되고, 흉터는 내가 살아남았다는 증거가 된다.

배신당한 경험은 나에게 경계심을 가르쳐 주었다. 모든 사람을 무조건 믿는 것이 아니라, 신중하게 믿음을 나눠 주는 법을 배웠다. 동시에 여선히 사람을 믿는 용기도 잃지 않았다. 한 사람의 배신이 모든 사람에 대한 불신으로 번져서는 안 된다. 한 그루 나무가 썩었다고 숲 전체를 태워 버릴 수는 없으니까.

✿　사람은 고쳐 쓰는 물건이 아니다

'이 사람 이것만 조금 바꾸면 좋을 텐데.'

관계에서 많이들 하는 생각이다. 이것만 고치면, 저것만 바꾸면, 그러면 완벽할 텐데. 마치 고장 난 시계를 수리하듯 상대방을 바꾸려 한다.

나도 그랬던 적이 있다. 상대방에게 이렇게 해달라, 저렇게 해달라 요구했다. 처음엔 들어주는 것 같았다. 하지만 시간이 지나면 원래대로 돌아갔다. 마치 고무줄을 당기면 늘어났다가, 놓으면 다시 줄어드는 것처럼.

그러면서 나는 지쳤다. 왜 안 바뀔까. 내가 이렇게

원하는데. 나는 진짜 너를 위해서 말하는 건데. 하지만 상대방도 지쳤을 것이다. 매일 '자신'과 달라지라는 요구를 받으면서.

어른들 말씀이 맞다. 사람은 고쳐 쓰는 물건이 아니다. 나사를 조이고, 부품을 갈고, 기름을 치면 달라지는 기계가 아니다. 사람은 남이 바꿀 수 없다. 스스로 바뀌고 싶을 때만 바뀐다.

누군가를 바꾸려는 건 결국 그 사람을 부정하는 일이다. "너는 지금 모습으로는 부족해. 내가 원하는 모습이 되어야 해." 그런 메시지를 계속 보내는 것이다. 마치 계약서를 동반한 거래처럼.

진짜 사랑은 있는 그대로 받아들이는 것이라고 배웠다. 장점만이 아니라 단점까지, 고치고 싶은 부분까지. 그게 싫으면 떠나는 것이지, 억지로 바꾸려 하는 건 폭력적일 수 있다.

사람은 시간이 지나면서 조금씩 달라진다. 나이가 들면서 세상에 맞춰 자신의 태도를 조금씩 수정하는 것, 그건 필요에 의한 느린 변화다. 누군가의 요구로 순식간에 다른 사람이 될 수는 없다. 씨앗이 싹을 틔우듯 내부에서 일어나는 변화이지,

외부에서 억지로 만드는 변화가 아니다.

관계에서 바꿀 수 있는 건 나 자신뿐이다. 상대방이 아니라 나. 상대방의 모습을 받아들일 것인가, 받아들일 수 없으니 관계를 정리할 것인가. 그 선택만 내가 할 수 있다.

지금은 누군가를 바꾸려 하지 않는다. 그냥 본다. 있는 그대로. 마음에 들지 않는 부분이 있어도 그게 그 사람이구나 하고 받아들인다. 받아들일 수 없으면 거리를 둔다. 더 이상 고치려 애쓰지 않는다.

사람은 고쳐 쓰는 물건이 아니다. 조립하고 분해할 수 있는 레고가 아니다. 살아 있는 존재다. 나름의 이유로, 나름의 방식으로 살아가는 사람이다. 그것을 존중해야 한다. 우리 각자의 삶을.

싸우다가 입 밖으로 튀어나왔다. 목구멍까지 차올랐던 말. 참고 있었는데 화가 나서 뱉어 버렸다. 그 순간 상대방의 얼굴이 하얗게 질렸다. 공기가 얼어붙었다. 돌이킬 수 없었다.

말은 화살이다. 한번 날아가면 되돌릴 수 없다. 미안하다고 해도 이미 꽂힌 후다. 말로 베인 상처는 보이지 않아서 더 깊다. 피는 보이지 않는데 마음에 구멍이 뚫린다.

어떤 말들은 절대 입 밖으로 내서는 안 된다. 화가 나도, 짜증이 나도, 억울해도. 단 한 번이라도 입 밖으로 뱉으면 관계에 금이 간다. 아무리 사과해도 그 금은 사라지지 않는다.

예전에 상처받았던 말이 있다. 10년이 지난 지금도 또렷하다. 누가 언제 어디서 했는지 다 기억한다. 말한 사람은 잊었을 것이다. 하지만 들은 나는 평생 기억한다.

"네 탓이야."

모든 걸 상대방 탓으로 돌리는 말. 이 말을 들으면 모든 게 내 잘못처럼 느껴진다. 변명할 수도 없다. 이미 범인으로 낙인찍혔으니까.

"그럴 줄 알았어."

믿지 않았다는 뜻. 처음부터 실패할 거라고 생각했다는 뜻. 이 말은 과거를 무너뜨린다. 그동안의 신뢰가 거짓이었다는 의미다.

"너 그러니까 안 되는 거야."

이미 무너진 사람을 짓밟는 말. 일어서려는 사람을 다시 눕히는 말. 이 말을 들으면 다시는 시도하고 싶지 않아진다.

말을 뱉고 나서 후회했다. 상대방은 말이 없었다. 그냥 돌아섰다. 미안하다고 불렀지만 돌아보지 않았다. 말은 이미 박혔다. 뽑을 수 없었다.

가끔 그날이 떠오른다. 이제는 입에서 나오려는 말을 한

박자 늦춘다. 화가 나도 숨을 한 번 쉰다. 이 말을 해도 되는지 생각한다. 뱉고 나서 후회하는 것보다는 참는 게 낫다.

좋은 말 백 마디보다 나쁜 말 한 마디가 더 오래 남는다. 칭찬은 흘러가지만 상처는 박힌다.

말하기 전에 생각해야 한다. 이 말이 상대방에게 어떤 상처를 남길지. 말은 무기다. 함부로 휘두르면 안 된다.

죽을 때까지 절대 꺼내면 안 되는 말들이 있다. 목구멍까지 올라와도 삼켜야 한다. 입 밖으로 내는 순간 관계는 돌이킬 수 없다. 말은 신중해야 한다. 뱉기는 쉬워도 주워 담을 수는 없으니까.

나쁜 감정에 사로잡힐 때

크게 배신당했을 때, 복수를 꿈꿨다. 어떻게 하면 저 사람에게 똑같이 갚아줄 수 있을까. 밤마다 시나리오를 그렸다. 이렇게 하면 아플 것이고, 저렇게 하면 후회할 것이다. 머릿속에서 수백 번 복수했다.

그런데 불쾌했다. 복수를 생각할수록 나만 힘들었다. 상대방은 아무렇지도 않게 사는데, 나는 복수를 계획하느라 밤잠을 설쳤다. 누가 더 고통받고 있는가? 나였다.

복수는 독을 마시고 상대방이 죽기를 바라는 것과 같다. 독은 내 몸에 들어갔는데 죽기를 바라는 건 상대방이다. 말이 안 된다. 하지만 복수를 꿈꿀 때 우리는 정확히 그렇게 살게 된다.

한 달 동안 복수만 생각했다. 일할 때도, 밥 먹을 때도, 심지어 웃을 때도 머릿속은 복수로 가득했다. 그 사람은 내 머리를 완전히 점령했다. 나는 내 머리의 주인이 아니었다. 그 사람이 주인이었다.

그러다 깨달았다. 내가 여전히 지고 있다는 것을. 상대방은 멀쩡한데 나만 무너지고 있었다. 상대방은 자유로운데 나는 배신감이라는 감옥에 갇혀 있었다.

복수를 위해 시간을 쓰고, 에너지를 쓰고, 마음을 썼다. 그동안 내 인생은 정지해 있었다. 상대방에게 한 번 당했는데, 복수를 생각하느라 매일 당하고 있었다.

"최고의 복수는 잘 사는 것이다." 이 말이 처음엔 이해가 안 됐다. 잘 사는 게 무슨 복수인가. 하지만 지금은 안다. 상대방을 신경 쓰지 않고 내 삶을 사는 것. 그게 진짜 복수다. 복수를 생각할 시간에 나를 돌본다. 상대방을 망칠 계획을 세우는 대신 나를 바로 세운다. 그 사람 때문에 무너진 나를 다시 일으킨다. 그게 이기는 것이다.

몇 달 후, 그 사람을 우연히 봤다. 가슴이 두근거렸다.

하지만 예전처럼 화가 치밀지는 않았다. 그냥 지나가는 사람이었다. 더 이상 내 머릿속을 차지하지 않았다. 나는 자유로워졌다.

해로운 감정에 휩싸이는 시간은 적을수록 좋다. 복수하지 않는다고 지는 건 아니다. 진짜 중요한 건 상대방에게 내 인생을 빼앗기지 않는 것. 내 시간을 되찾는 것. 내 마음을 되찾는 것이다.

진짜로 복수에 성공할 수 있는 방식, 예를 들어 민사나 형사 소송 등으로 진행하는 게 아니라 마음만 쓰는 방식은 오히려 나한테 손해라는 사실을 알아야 한다. 시간도, 에너지도 다 손해다. 가장 큰 손해는 내 인생을 그 사람에게 바치는 것이다. 그럴 가치가 없다. 그 사람은 그럴 자격이 없다.

나를 아끼기

욕조에 몸을 담그고 있었다. 물이 미지근해질 때까지 가만히 있었다. 그러다 문득 내 발을 봤다. 이 발이 나를 여기까지 데려왔구나. 수없이 걸었고, 넘어졌고, 다시 일어섰던 발.

신기했다. 그동안 한 번도 내 몸에게 고맙다고 생각해 본 적이 없었다. 오히려 미워했다. 더 예뻐야 하고, 더 날씬해야 하고, 더 완벽해야 한다고만 생각했다. 마치 고장 난 기계를 고치듯 내 몸을 대했다.

그날 밤, 처음으로 제대로 나를 봤다. 도망치지 않고. 부족한 것들이 보였다. 하지만 그 안에서 견뎌온 것들도 보였다. 이 몸으로 웃었고, 울었고, 살아남았다. 비바람을 맞아도 꺾이지 않은 들풀처럼.

나를 사랑한다는 말은 좀 거창하게 느껴졌다. 그래서 작게 시작했다. 아침에 일어나서 물 한 잔 마시기. 배고프면 먹기. 피곤하면 눕기. 당연한 것들인데 안 하고 살았다. 나를 쥐어짜야 할 수건처럼 다뤘다.

점심을 먹을 때 천천히 씹었다. 맛을 음미했다. 급하게 삼키지 않았다. 그러자 음식이 다르게 느껴졌다. 마치 귀가 뚫린 것처럼, 오랫동안 닫혀 있던 감각이 깨어났다.

저녁에는 좋아하는 음악을 틀었다. 아무것도 안 하고 그냥 들었다. 뭔가 해야 한다는 강박 없이. 음악이 흐르는 동안 나는 그냥 숨을 쉬었다. 꽁꽁 얼어붙었던 강이 녹듯 몸이 이완됐다.

나를 사랑하는 연습은 나를 용서하는 연습이기도 했다. 오늘 실수한 것, 못한 것, 미룬 것. 그런 것들을 칼날처럼 나에게 들이대지 않기. "잠깐 쉬었다 하자." 그렇게 말해 주기.

나를 사랑하기 시작하자 남들이 나를 대하는 방식도 미묘하게 달라졌다. 내가 나를 소중히 여겨서 그런지 남들도 나를 함부로 대하지 않았다. 세상은 메아리처럼 내가 나를 대하는 방식을 그대로 돌려보냈다.

 머칠이 지나자 확연히 달라졌다. 몸은 그대로인데 내가 보는 방식이 바뀌었다. 미워 보이던 것들이 덜 미워 보였다. 여전히 완벽하지 않았지만, 완벽할 필요가 없다는 걸 알았다. 흠집 난 보석도 여전히 빛나듯이.

CHAPTER

3

행 복

�֍ 무조건 산책

이불 속에서 하루를 보냈다. 일어나기 싫었다. 아무것도 하기 싫어 핸드폰만 들여다봤다. 시간은 흘렀지만 하루는 흐르지 않았다. 그냥 멈춰 있었다.

저녁이 되지 배는 고픈데 밥 먹기도 귀찮았다. 그냥 누워 있고 싶었다. 하지만 몸이 뻐근했다. 온종일 누워 있으니까 오히려 더 피곤했다. 역설이었다.

억지로 일어나 신발을 신고 밖으로 나갔다. 목적지도 없이 그냥 걸었다. 발이 땅을 밟는 느낌이 이상했다. 오랜만에 걷는 것 같았다.

얼굴에 닿는 바람이 따끔했다. 공기가 차가워 정신이 들었다. 이불 속에서 몇 시간 동안 멍했는데, 밖에 나오니까 눈이 떠졌다. 마치 물속에서 수면 위로 올라온 것처럼.

계속 걸었다. 다리가 움직이고, 팔이 흔들리고, 심장이 뛰었다. 살아 있다는 느낌. 이불 속에서는 몰랐던 것. 나는 살아 있구나.

동네를 한 바퀴 돌고 집에 돌아왔다. 30분쯤 걸었나. 짧은 시간이었지만 뭔가 달라졌다. 우울이 조금 옅어졌다. 짙은 안개가 연한 안개가 된 것처럼.

그날 이후로 우울할 때마다 나가 보려 했다. 걷기 싫어도 억지로 신발을 신었다. 일단 밖으로 나가면 다리가 저절로 움직였다. 한 발, 두 발. 리듬이 생겼다.

산책은 마법 같아서, 생각을 멈추게 했다. 걸으면서는 복잡하게 생각할 수 없었다. 그냥 걸어야 했다. 발을 내딛는 것에 집중하면 머릿속이 조용해졌다.

햇빛도 도움이 되었다. 방 안에만 있으면 하루 종일 어둠 속이다. 하지만 밖으로 나가면 햇빛을 받아 피부로 느껴진다. 따뜻하다. 살아 있는 느낌이 겨우 든다.

산책길엔 사람들과도 마주쳤다. 강아지 산책시키는 사람,

조깅하는 사람, 웃고 떠드는 사람들. 다들 움직이고 있었다. 나만 멈춰 있었구나. 세상은 돌아간다. 나도 돌아가야 했다.

산책은 약이었다. 먹는 약은 아니지만 효과가 있었다. 당장 우울이 사라지지는 않았지만 조금씩 나아졌다. 이불 속에서 곪고 있는 것보다는 훨씬 나았다.

별다른 이유도 없이 기분이 가라앉는 느낌이 들 때면 신발을 신는다. 일단 밖으로 나간다. 없는 목적지도 만들어 걷는다. 편의점도 좋고 카페도 좋다. 30분, 한 시간, 밖에서 시간을 보낸다. 돌아오면 조금 나아져 있다. 완전히는 아니어도 조금은.

우울하면 무조건 산책해야 한다. 이유는 간단하다. 움직여야 살기 때문이다. 멈춰 있으면 썩는다. 걸어야 흐른다. 흘러야 산다.

인생은 한 번뿐

장례식장에 갔다. 아는 사람의 아버지가 돌아가셨다. 영정 사진 속 얼굴은 낯설었다. 한 번도 본 적 없는 사람. 하지만 그 앞에 놓인 국화꽃과 향 냄새가 나를 뒤흔들었다. 평소엔 잊고 살지만 다 끝이 있구나.

조문을 마치고 나오는 길, 거리가 이상하게 선명했다. 지나가는 사람들, 신호등, 가로수. 평소엔 그냥 지나쳤을 풍경들이 또렷하게 보였다. 나도 언젠가는 저 영정 사진 속 사람이 되겠구나.

집에 돌아와 거울을 봤다. 거울에 보이는 나는 살아 있다.

숨을 쉬고 눈을 깜빡이며 심장이 뛴다. 이 순간이 당연하지 않다는 걸 그제야 느꼈다. 내일도 이 거울 앞에 설 수 있을까. 보장은 없다.

인생은 단 한 번뿐이다. 이 말을 수없이 들었다. 하지만 진짜로 와닿은 적은 없었다. 그저 추상적인 말일 뿐이었다. 그런데 장례식을 다녀온 후로는 달랐다. 무게가 느껴졌다. 단 한 번이라는 말의 무게.

미루던 것들이 생각났다. 나중에 하려던 여행, 나중에 만나려던 사람, 나중에 하려던 말. 나중은 언제인가. 나중이 안 올 수도 있는데. 내일이 오지 않을 수도 있는데.

며칠 후, 1년 넘게 머릿속에만 있던 것, 실패하면 어쩌나 웃음거리가 되면 어쩌나 고민만 하던 일을 시작했다. 안 하고 죽는 게 더 무서웠다. 첫발을 내디뎠다. 떨렸지만 해냈다.

몇 달 뒤에는 틀어졌던 관계를 정리했다. 정 때문에 붙잡고 있던 사람. 만날 때마다 소모됐지만 먼저 끊을 계기가 없었다. 하지만 이젠 알았다. 내 시간은 한정되어 있다는 것. 아까운 시간을 이미 독이 된 관계에 쓸 수 없다는 것. 그냥 연락을 끊었다. 홀가분했다.

인생이 단 한 번뿐이라는 건 슬픈 일일 수도 있다. 다시 살 수 없다는 게. 실수를 되돌릴 수 없다는 게. 하지만 역설적으로 그래서 소중하다. 다시 오지 않기 때문에 지금이 귀하다.

지금도 가끔 아침에 눈 뜨면 생각한다. 오늘도 하루가 주어졌구나.

인생은 단 한 번뿐이다. 리허설도 없고 재방송도 없다. 지금 이 순간이 전부다. 과거는 바꿀 수 없고 미래는 보장할 수 없다. 있는 건 오늘뿐이다.

그래서 오늘을 산다. 미루지 않고, 참지 않고, 나중으로 넘기지 않고. 하고 싶은 말은 지금 하고, 만나고 싶은 사람은 지금 만나고, 웃고 싶으면 지금 웃는다. 인생은 단 한 번뿐이니까.

[illegible] 마음의 풍경 재배치하기

집은 금방 익숙해진다. 처음엔 모든 게 새롭다가도 시간이 지나면 배경처럼 사라져 버린다. 매일 보던 풍경은 더 이상 눈에 들어오지 않고, 어질러진 물건들도 어느 순간 풍경의 일부가 된다. 그렇게 공간은 그대로인데 마음만 점점 답답해질 때가 있다.

몇 년 동안 한 번도 바꾸지 않았던 침대 위치를 옮겨 보았다. 창문 쪽으로 조금만 이동했을 뿐인데 방의 공기가 달라졌다. 빛이 들어오는 각도도, 누웠을 때 보이는 천장의 느낌도, 아침에 눈을 뜰 때의 기분도. 같은 방인데 새로운 공간에 온 것 같았다.

책상을 벽에서 떼내어 창가로 옮기고 소파 위에 던져두기만 하던 쿠션을 정리했다. 오래된 잡동사니 하나를 버리고 자꾸 눈에 들어오던 종이 더미를 치웠다. 그것뿐이었는데도 방이 훨씬 넓은 느낌이 들고, 숨이 새로 쉬어졌다.

큰 변화가 아니어도 공간은 바뀔 수 있다. 물건 하나의 위치만 바뀌어도 시선이 달라지고, 시선이 변하면 마음도 따라 움직인다. 마치 오래 고여 있던 물이 살짝 흐르기 시작하는 것처럼. 정체되어 있다고 느끼던 삶에 아주 작은 바람이 드는 느낌이다.

집 안의 풍경은 마음에 직접 영향을 준다. 어지러운 공간에 오래 있으면 생각도 어지럽고, 숨 막히는 공간에 있으면 마음도 막힌다. 반대로 작은 질서가 생기면 마음도 가라앉고 공간이 환해지면 머릿속도 밝아진다.

그래서 가끔 집 안의 작은 것들을 바꾼다. 커다란 가구를 사는 일은 드물지만 작은 조정은 자주 한다. 물건 하나를 치우거나 오래된 물건을 버려도 보고 가구 방향을 조금 틀어 본다. 그런 작은 변화들이 방 안의 공기를 흔들어 놓는다.

어쩌면 공간이 먼저 움직여야 마음이 따라오는 날도 있는 것 같다. 같은 공간이지만 조금 다른 공간이 되고 그 안에서 나도 조금 다른 마음이 된다. 마음을 바꾸고 싶을 땐 공간을 바꿔 보자. 옮겨진 가구만큼 마음의 각도도 바뀔지 모른다.

✿　꽃은 저마다 피는 시기가 다르다

공원에 꽃이 피기 시작했다. 개나리가 먼저 노란 꽃을 터뜨렸다. 며칠 후엔 진달래가 분홍빛으로 물들었다. 그 옆 철쭉은 아직 꽃봉오리도 없었다. 앙상한 가지만 바람에 흔들렸다.

철쭉을 보며 누군가 말했다. "저건 왜 안 피지? 죽었나?" 하지만 철쭉은 죽은 게 아니었다. 그냥 아직 때가 안 된 것뿐이었다. 개나리는 3월에 피고, 철쭉은 4월에 핀다. 각자의 시간이 있다.

지금 당신이 철쭉이라면 어떨까. 주변은 이미 꽃으로

뒤덮였는데 당신만 아직 피지 않았다면. 모두가 화려한데 당신만 앙상하다면. 초조할 것이다. 나는 왜 안 되는 걸까, 나만 뒤처지는 걸까.

하지만 아니다. 당신이 못 피는 게 아니다. 아직 때가 안 온 것뿐이다. 남들이 먼저 피었다고 해서 당신이 피지 못하는 건 아니다. 개나리가 먼저 핀다고 철쭉이 안 피는 게 아니듯이.

사람들은 빠른 걸 좋아한다. 빨리 성공하고, 빨리 이루고, 빨리 도착하는 것. 하지만 인생은 속도 경쟁이 아니다. 빨리 피는 게 좋은 것도 아니고, 늦게 피는 게 나쁜 것도 아니다. 그냥 시기가 다를 뿐이다.

지금 아무것도 이루지 못한 것 같아도, 가진 게 없는 것 같아도, 남들에 비해 한참 뒤처진 것 같아도 괜찮다. 당신 안에는 이미 꽃이 피어나고 있다. 보이지 않아도 자라고 있다. 때가 되면 핀다.

철쭉이 개나리를 부러워할 필요가 없듯, 당신도 남을 부러워할 필요가 없다. 철쭉은 철쭉대로 아름답고, 당신은 당신대로 아름답다.

한 달 후, 다시 그 공원을 지나갔다. 개나리는 이미 시들어 있었다. 진달래도 꽃잎이 지고 있었다. 하지만 철쭉은 만개했다. 붉은 꽃이 나무 전체를 뒤덮었다. 늦게 피었지만 가장 오래 갔다.

당신도 그럴 것이다. 지금은 피지 않았지만 반드시 필 것이다. 남들보다 늦을 수도 있다. 하지만 피면 오래 갈 것이다. 뿌리가 깊은 만큼 오래 버틴다.

지금 힘든 당신에게 말하고 싶다. 조급해하지 마라. 남들과 비교하지 마라. 당신에게도 때가 있다. 반드시 온다. 당신 안의 꽃이 곧 필 것이다.

습관은 조금씩 인생의 방향을 바꾼다

매일 아침 물 한 잔을 마시기 시작했다. 별것 아니 겄 같았다. 그냥 물 한 잔. 그걸로 뭔가 대단한 변화를 기대하지 않았다. 하지만 했다. 일어나자마자 부엌으로 가서 물을 따라 마셨다.

일주일쯤 지나니까 몸이 기억했다. 눈을 뜨면 자동으로 부엌으로 향했다. 생각하지 않아도 움직이게 되었다. 물을 마시고 나면 개운했다. 하루가 조금 다르게 시작됐다.

한 달이 지나자 물 마시는 것에 운동을 더해 봤다. 스트레칭 10분. 처음엔 귀찮았다. 하지만 물 마시는 습관에 하나 더 얹는 게 그리 어렵지는 않았다. 작은 습관이 다른 습관을 불렀다.

습관은 눈덩이같다. 작게 시작하지만 굴러가면서 커진다. 처음엔 주먹만 했는데 어느새 사람만 해진다. 물 한 잔이 운동이 되고, 운동이 식단 조절이 되고, 식단 조절이 규칙적인 생활이 됐다.

1년 뒤의 나를 돌아보니 달라져 있었다. 몸도, 마음도, 하루의 패턴도. 극적인 변화는 아니었다. 어느 날 갑자기 변한 게 아니라 조금씩, 매일 조금씩 달라졌다. 마치 강물이 바위를 깎듯이.

예전에는 의지로 뭔가를 하려고 했다. 오늘은 꼭 운동해야지, 오늘은 꼭 책을 읽어야지. 하지만 의지는 오래가지 않았다. 사흘이 고비였다. 사흘 넘기기가 어려웠다. 의지는 소모품처럼 느껴졌다.

습관은 달랐다. 의지가 필요 없었다. 그냥 했다. 생각할 틈도 없이 몸이 먼저 움직였다. 이 닦듯이, 밥 먹듯이. 자연스러웠다. 안 하면 오히려 이상했다.

나쁜 습관도 마찬가지다. 내가 가장 무서운 습관이라 생각하는 것이 있다. 바로 우울한 기분에 더 빠져들어야겠다며 퐁당 빠지는 습관.

우울감을 줄이기 위해서는 계속적인 전환이 필요하다. 우울의 이유를 깊이 파고들지 말고, 다른 생각으로 전환해야 한다. 평소에 전환할 생각 리스트를 정리해 두어도 좋다. 좋아하는 이야기나, 풀지 못한 미스터리, 가보고 싶었던 공간 등에 나를 정신 팔리게 만드는 것이다.

아주 작더라도 습관은 조금씩 인생의 방향을 바꾼다. 극적이지 않게. 눈치채지 못하게. 하지만 분명하게. 그러니 나를 위한 좋은 습관을 준비해 보자. 1년 뒤의 나를 위해서.

[illegible] 가벼운 친절의 기쁨

쇼핑몰에서 나오던 길이었다. 뒤에서 어린아이가 다가오고 있었고 나는 문을 잠깐 잡아 줬다. 그러자 바삐 따라오던 여성분이 고개를 숙이며 고맙다고 말했다. 별것 아닌 일인데 문득 마음이 따뜻해졌다. 내가 준 친절보다 그 순간 내가 받은 감정이 더 컸다.

가벼운 친절에는 큰 노력이 필요 없다. 문을 잡아 주거나, 떨어진 물건을 주워 주거나, 길을 잃은 사람에게 방향을 알려 주는 일들. 하지만 그 작은 노력이 하루의 결을 바꿔 놓기도 한다. 도움을 받은 사람만이 아니라 도움을 준 나에게도 말이다.

예전에는 친절을 일종의 의무처럼 생각했다. 좋은 사람이 되려면 해야 하는 일처럼. 너무 남을 위해 애쓴다는 느낌이 들어서인지 불편했다.

숙제 같은 느낌에 한동안 남들에게 부러 호의를 베풀지 않다가 오랜만에 모르는 사람에게 친절을 베풀어 보니 다시 생각이 바뀌었다. 친절은 부담이 아니라 선물에 가까운 행동이다. 누군가에게 작은 호의를 건넬 때, 오히려 내가 기분이 좋아졌다. 친절을 건넸다는 사실보다, 그 순간 마음에서 일어난 작은 온기가 더 오래 남는다.

가벼운 친절이 가벼운 이유는 보답을 기대하지 않기 때문이다. 준 순간 끝나는 친절. 돌아올 걸 계산하지 않는 마음. 이만큼 했으니 이만큼 받아야 한다는 마음이 없다. 손익을 따지지 않으니 실망할 일도 없다. 그냥 흘러가는 물처럼 자연스럽다.

요즘 세상은 거창한 선행보다 작은 친절로 움직인다는 생각을 자주 한다. 계산대에서 급한 사람을 먼저 보내 주는 일, 무거운 짐을 잠깐 거들어 주는 일, 먼저 길을 비켜 주는 일. 이런 작은 움직임들이 하루를 부드럽게 만든다. 누군가의 긴장을 조금 풀어 주고, 나의 마음도 조금 가볍게 해 준다.

가벼운 친절의 좋은 점은 방향이 정해져 있지 않다는 데 있는 것 같다. 내가 베푼 친절이 나에게 돌아올 필요는 없다. 그 사람은 또 다른 누군가에게 친절을 건넬지도 모른다. 그렇게 작은 선의가 이어지는 모습을 상상하면 기분이 좋다.

큰 마음먹지 않고, 많이 애쓰지 않고, 그냥 할 수 있을 때 자연스럽게. 그게 누군가에게 작은 빛이 될 수 있다는 걸 알고, 나에게도 작은 빛이 된다는 걸 안다.

가벼운 친절의 기쁨은 결국 마음이 가벼워지는 경험이다. 누군가에게 잠깐 손을 내밀었을 뿐인데, 그 순간 내 마음이 먼저 따뜻해진다. 부담 없이, 억지 없이, 자연스러운 온기가 스쳐 지나가는 것. 그렇게 우리는 마주하고 흩어지며 온기를 퍼뜨릴 수 있다.

✿ 무엇을 버려야 할까

짐을 싸고 있었다. 이사 가기 전날이었다. 상자를 열고 물건들을 넣었다. 옷, 책, 그림, 그릇, 잡동사니. 하나씩 넣다 보니 상자가 꽤나 무거워 들어 올릴 수가 없었다. 너무 많이 담았다.

다시 꺼냈다. 뭘 버려야 할까. 손에 잡히는 대로 하나씩 봤다. 3년 전에 산 옷. 한 번도 안 입었다. 언젠가 입을 거라고 생각했는데 안 입었다. 버렸다. 책. 읽을 거라고 샀는데 안 읽었다. 버렸다. 선물 받은 머그컵. 예쁜데 쓰지 않았다. 버렸다.

버릴수록 상자가 가벼워졌다. 들어 올릴 수 있을 만큼. 신기했다. 덜어낼수록 편해졌다. 많이 가질수록 좋은 줄 알았는데 아니었다.

삶도 그랬다. 무언가를 더하려고만 했다. 더 많은 돈, 더 넓은 집, 더 좋은 차, 더 많은 친구. 많을수록 좋다고 믿었다. 하지만 많아질수록 무거워졌다. 어깨가 짓눌렸다.

이삿짐 박스 싸다가 인생의 깨달음을 얻을 줄은 몰랐지만, 깨달았다. 채우는 게 아니라 비워야 한다는 것을. 가지지 않아도 될 것들을 놓아야 한다는 것을. 무게는 가진 것에서 오는 게 아니라 붙잡고 있는 것에서 왔다.

버리기 시작했다. 먼저 후회를 버렸다. 이미 지나간 일을 붙잡고 있어봤자 무거워질 뿐이었다. 다음은 남의 시선을 버렸다. 남들이 어떻게 생각할까 신경 쓰느라 내 인생을 못 살고 있었다. 그다음은 완벽주의를 버렸다. 완벽해야 한다는 강박이 나를 옭아매고 있었다.

하나씩 버릴 때마다 숨이 쉬어졌다. 가슴이 뻥 뚫렸다. 어깨가 가벼워졌다. 이렇게 가벼울 수 있다는 게 신기했다. 그동안 얼마나 무거운 걸 지고 살았던 걸까.

사람들은 무언가를 얻으려고 한다. 더 가지려고, 더

채우려고. 하지만 진짜 자유는 버리는 데서 온다. 필요 없는 것을 내려놓을 때. 짐을 덜어낼 때.

지금도 가끔 점검한다. 내가 지고 있는 게 뭔지. 정말 필요한 건지. 아니면 그냥 습관처럼 들고 있는 건지. 필요 없으면 내려놓는다. 바로 버리지 못해도 천천히 손을 뗀다.

삶은 무엇을 버리느냐에 따라 무게가 달라진다. 많이 가진 사람이 행복한 게 아니라, 불필요한 것을 버린 사람이 가볍다. 가벼운 사람이 더 멀리 갈 수 있다. 짐이 없으니까.

✖ '내일 죽는다면?' 질문의 허상

"만약 내일 죽는다면 무엇을 하고 싶나요?"

솔직히 지루했다. '아, 또 이 질문이네.' 하는 생각이 들었다.

누군가는 이 질문 덕분에 인생을 성찰하고, 진지하게 자신의 삶을 돌아볼지도 모른다. 대부분은 성실하게 답할 것이다. 가족을 만나고, 좋아하는 사람에게 고백하고, 하고 싶었던 것들을 다 하겠다고. 그런데 나는 아니다.

나는 내일 안 죽는다. 물론 죽을 수도 있다. 갑작스런 사고는 누구도 예측할 수 없는 법이다. 하지만 내일 죽으면 어떨지 같은 걸 너무 오래 상상하는 건 그다지 도움되는 일은 아닌 것 같다. 욜로족, 파이어족 같은 이들의 삶은 어쩌면 이런 질문에서 출발한 것은 아닐까? 그러나 실은 나는 내일 죽지 않는다. 그걸 알기 때문에 극적인 선택을 하지 않는다.

어느 겨울날, 감기가 심해 앓아 눕게 되었다. 열이 높아서 몸은 일어설 수도 없이 무거웠다. 멍하니 천장을 보며 생각했다. '만약 내일 죽는다면 나는 지금 뭘 하고 있을까?' 답은 명확했다. 지금처럼 이불 속에 누워 있을 것이다. 극적인 움직임도, 버킷리스트 해결도 필요 없다. 그냥 따뜻한 차 한 잔과 누군가의 손길이 간절할 것 같았다.

그때 알았다. 그 질문이 요구하는 극적인 삶은 영화 속 이야기라는 것을. 진짜 삶은 평범한 아침, 반복되는 일상, 작은 선택들의 연속이다. 매일을 마지막처럼 산다는 건 불가능하고, 사실 필요하지도 않다. 촛불을 한꺼번에 태우면 금방 꺼진다.

차라리 이렇게 생각하게 됐다. '앞으로 70년을 더 살아야 한다면?' 그러면 오늘 하루가 달라 보였다. 지금 당장 모든 걸 불처럼 태워 버리는 대신, 나무를 심듯 천천히 쌓아가야 할 것들이 보였다. 관계도, 습관도, 꿈도, 돈도.

친구가 갑자기 회사를 그만두겠다고 했던 때가 있다. "인생은 한 번뿐이잖아. 내일 죽을 수도 있는데 왜 참고 살아?" 나는 차라리 휴가 내고 며칠 쉬라고 말했다. 하지만 친구에게 내 충고는 통하지 않았다.

몇 달 후, 친구는 재취업 준비로 힘들어했다. 아무런 준비 없이 회사를 그만둔 터라 새로운 직장을 구하기가 더 어렵다고 했다.

너무 힘들 때는 중요한 선택을 하면 안 된다. 극적인 선택 뒤에는 극적인 후회가 파도처럼 밀려오기 마련이다. 내일도 살아야 한다는 사실을, 우리는 자꾸 잊는다.

마라톤을 뛰듯 숨을 고르며, 긴 호흡으로. 화려하고 극적인 선택보다 지속 가능한 삶을 만들어 가기 위한 선택을 해 보자. 매일 조금씩, 천천히, 단단하게. 마치 조개가 진주를 만들듯, 시간을 들여 쌓아가는 것이 진짜 오늘을 사랑하는 방법이다.

"넌 착하니까 이해해 줄 거지?"

가슴이 답답했다. 착하다는 말이 칭찬처럼 들리지 않았다. 오히려 족쇄처럼 느껴졌다. 착해야 한다는 압박. 이해해야 한다는 강요. 거절하면 안 된다는 무언의 협박.

착한 사람으로 살았다. 부탁을 거절하지 못했고, 불편해도 참았고, 화가 나도 삼켰다. 착한 사람은 화내면 안 되니까. 착한 사람은 이기적이면 안 되니까. 착한 사람은 항상 이해해야 하니까.

그렇게 살다 보니 내가 사라졌다. 마치 지우개로 조금씩 지워지듯. 착한 사람이라는 탈을 쓰고 살다가 정작 그 안에 내가 없어졌다. 빈 껍데기만 남았다.

어느 날 나도 모르게 폭발해 오랫동안 쌓였던 것들이 한꺼번에 터졌다. 그동안 참았던 말들, 삼켰던 감정들이 용암처럼 쏟아져 나왔다. 상대방은 놀랐다. "넌 원래 이런 사람이 아니잖아." 그 말을 듣는 순간 깨달았다. 나는 원래 이런 사람이었다. 다만 숨기고 있었을 뿐.

착한 게 항상 옳은 건 아니다. 때로는 거절하는 게 옳고, 화내는 게 옳고, 내 입장을 말하는 게 옳다. 착하다는 이유로 계속 손해 보는 건 미덕이 아니라 어리석음이다.

세상은 착한 사람을 이용한다. 거절하지 못하는 걸 알고 계속 부탁하고, 화내지 않는 걸 알고 계속 선을 넘는다. 착한 사람은 마치 무한정 퍼낼 수 있는 우물처럼 취급당한다.

진짜 착함과 가짜 착함을 구별해야 했다. 진짜 착함은 선택이다. 내가 원해서, 내가 좋아서 베푸는 것. 가짜 착함은 강요다. 착해야 한다는 의무감에, 미움받기 싫어서 하는 것.

거절하는 법부터 배웠다. 처음엔 입이 떨어지지 않았다. 목구멍에 가시가 걸린 것처럼 말이 나오지 않았다. 하지만 연습했다. "미안하지만 힘들 것 같아."

화내는 법도 배웠다. 화날 때 화내야 관계가 건강하다. 참기만 하면 언젠가 관계가 폭발한다. 적절한 분노는 필요하다. 초반에 불을 꺼서 큰 화재를 막는 스프링클러처럼.

착한 것과 바보인 것은 다르다. 착함이 나를 해치는 무기가 되면 안 된다. 나를 지키면서도 착할 수 있다. 아니, 나를 지킬 때 비로소 진짜 착해질 수 있다. 내가 무너지면 누구에게도 착할 수 없으니까.

착한 사람보다 좋은 사람이 되려고 한다. 착한 사람은 모두에게 '예스'지만, 좋은 사람은 필요할 때 '노'라고 말할 수 있다. 그게 진짜 성숙함 같다.

공책을 하나 샀다. 무늬도 없고, 특별할 것도 없는 하얀색 표지. 마음이 복잡할 때는 글로 정리해 보라는 말에 충동적으로 구매한 노트였다. 아무 생각 없이 그날 있었던 일을 적었다. 업무용 체크 리스트에 가까운 아주 단순한 문장들이었다.

그렇게 금세 잊히던 나의 하루가 종이 위에 남았다. 물 위에 떠 있던 작은 조각 하나를 건져 올린 것처럼, 사라질 것 같던 순간이 글로 붙잡혔다.

종일 뒤죽박죽이던 것들이 문장으로 내려오는 순간,

흐릿했던 감정들이 제 이름을 말해 주기 시작했다.

내가 지금 어떤 마음인지. 화가 난 줄 알았는데 사실은 서운함이었고, 외로운 줄 알았는데 알고 보면 피로였다. 내 마음의 이름을 제대로 불러 주니 그 거칠고 정제되지 않은 감정들이 조금씩 순해졌다. 내가 못 보고 지나치던 마음의 얼굴을 하나씩 보여 줬다.

나는 누구와 이야기하든 이야기를 유쾌하게 이끌려고 노력한다. 하지만 공책과 대화할 땐 그럴 필요가 없었다. 기록은 조용한 대화였다. 아무에게도 말하지 못한 마음을 공책 앞에서는 감추지 않았다. 종이는 판단하지 않았다. 비난하지도, 조언하려 들지도 않았다. 그냥 받아 줬다.

어떤 날은 한 줄만 썼다. "오늘은 일이 정말 너무너무 많았어." 그것으로 충분했다. 기록은 잘 쓰기 위한 게 아니다. 나를 정리하기 위한 자리다. 완벽한 문장을 만들 필요는 없다. 솔직하면 된다.

마음이 흐트러질 때면 가볍게 메모를 하며 생각을 정리한다. 펜을 들고 천천히 적다 보면 내 안에서 엉켜 있던 실타래가 조금씩 풀린다. 내가 어디에 멈춰 서 있는지, 어떤 감정이 나를 붙잡고 있는지, 무엇이 나를 흔들고 있는지 글을 통해 다시 보인다.

　기록은 나를 잃지 않기 위한 방식이다. 아무렇지 않게 흘러갈 하루 속에서 작은 조각이라도 붙잡아 두는 일. 그 조각들이 쌓여 내가 살아온 흔적이 되고 그 흔적을 따라가다 보면 내가 다시 보인다.

　그래서 나는 기록한다. 마음이 흐려질 때, 길을 잃은 것 같을 때, 다시 나에게 돌아가기 위해.

첫째, 웃음.

웃고 싶을 때 웃지 않으면 그 순간은 다시 오지 않는다. "나중에 웃지 뭐" 하며 미루면 웃을 일 자체가 사라진다. 웃음은 저축되지 않는다. 지금 웃어야 한다.

둘째, 사랑한다는 말.

하고 싶을 때 하지 않으면 타이밍을 놓친다. "다음에 말해야지" 하다가 기회를 잃는다. 사람은 언제 떠날지 모른다.

셋째, 시간.

시간은 쓰지 않으면 그냥 흘러간다. 아껴봤자 모이지 않는다. 지금 하고 싶은 일을 미루면 영영 못 하게 된다. 내일이 오늘보다 덜 바쁠 거라는 보장은 없다.

넷째, 진심.

진심을 아끼면 관계가 식는다. "굳이 말해야 하나" 싶어서 삼키면 오해가 쌓인다. 표현하지 않은 진심은 전달되지 않는다. 마음속에만 있으면 없는 것과 같다.

다섯째, 눈물.

울고 싶을 때 참으면 독이 된다. 눈물은 감정의 배출구다. 막으면 썩는다. 울어야 할 때 우는 게 건강한 거다. 눈물을 아끼면 마음이 병든다.

여섯째, 용서.

용서를 아끼면 내가 힘들다. 상대방을 위한 게 아니다. 나를 위한 거다. 미움을 붙잡고 있으면 내 손이 아프다. 놓아 줘야 내가 편하다.

이 여섯 가지는 아낄수록 손해다. 쓸수록 늘어난다. 웃을수록 웃을 일이 많아지고, 사랑을 표현할수록 사랑이 돌아오고, 시간을 쓸수록 삶이 풍요로워진다.

돈은 아껴도 된다. 물건도 아껴도 된다. 하지만 이 여섯 가지는 아끼면 안 된다. 지금 쓰지 않으면 사라진다. 저축되지 않는다. 유통기한이 있다. 나중은 없으니 지금 웃고, 지금 말하고, 지금 쓰고, 지금 표현하고, 지금 울고, 지금 용서하자. 지금이 전부다.

미래의 내가 지금의 나에게

서랍 깊숙이 오래된 일기장이 있다. 페이지가 누렇게 바랬고, 잉크가 번진 곳도 있다. 가끔 꺼내서 읽으면 가슴이 먹먹해진다.

그때의 나는 매일 무너졌다. 시험에 떨어질까 봐, 취업 못 할까 봐, 혼자 남겨질까 봐. 걱정이 피처럼 온몸을 타고 돌았다. 세상이 나를 버릴 것 같았다.

웃기는 건 그 걱정들이 거의 다 빗나갔다는 거다. 떨어질까 봐 떨었던 시험은 붙었고, 안 될 줄 알았던 일은 됐고, 끝날 것 같던 관계는 다른 방식으로 이어졌다. 마치 폭풍을 예고한

하늘이 결국 비만 조금 뿌리고 갠 것처럼.

일기장을 덮으며 생각했다. 지금의 내가 10년 후의 나에게 편지를 남긴다면? 10년 후의 나는 이 편지를 읽으며 뭐라고 할까. 피식 웃으며 "뭐 이런 걸 가지고 그렇게 난리였어?" 할까.

요즘 잠이 잘 안 온다. 걱정이 이불 속으로 기어들어와 발목을 잡는다. 이것도 저것도 불안하다. 하지만 예전 일기를 보면 알 수 있다. 지금 내가 걱정하는 것들도 나중엔 안개처럼 흐릿해질 거라는 것을.

어제 거울을 봤다. 눈가에 잔주름이 생겼다. 손으로 만져 봤다. 시간은 이렇게 흔적을 남기는구나. 10년 후엔 지금보다 더 깊은 주름이 패여 있을 것이다. 그때의 나는 오늘의 사진을 보며 말할 것이다. "이때가 참 젊었네."

그렇다면 지금이 좋은 때다. 10년 후의 나에게는 지금이 황금기다. 걱정만 하다가 날려 보내기엔 너무 아깝다. 10년 후의 나는 아마 한숨 쉬며 말할 것이다. "그때 좀 더 웃고 살걸."

실수했을 때도 그렇다. 지금은 창피해서 땅속에 숨고 싶다. 하지만 10년 후엔 술자리 안주가 될 것이다. "그때 내가 그랬어" 하며 웃을 수 있을 것이다. 상처는 시간이 지나면 딱지가 되고, 딱지가 떨어지면 이야기만 남는다.

미래의 나는 지금의 나보다 더 많이 알고 있을 것이다. 무엇이 중요한지, 무엇이 먼지인지. 미래의 나에게 묻는다면 아마 이렇게 말할 것 같다. "숨 좀 쉬면서 살아. 생각보다 괜찮아."

일기장을 서랍에 도로 밀어 넣었다. 10년 후에 또 꺼내 볼 것이다. 그때의 나는 지금의 나를 보며 뭐라고 할까. 아마도 어깨를 두드리며 말할 것이다. "고생했어. 잘 살았어."

그런 생각을 하며 다시 오늘을 산다.

[illegible]은 충분히 잘하고 있다

어느 날 밤, 내가 모든 걸 망쳤다는 생각이 들었다. 계획대로 되는 게 하나도 없었고, 노력해도 결과가 나오지 않았고, 내가 너무 능력이 부족한 사람 같았다. 침대에 누워 천장을 보며 생각했다. '나는 왜 이렇게 못할까.'

나를 탓하며 한참을 뒤척이다, 문득 입 밖으로 소리 내어 말했다. "잘하고 있어. 잘했어. 더 잘할 수 있어."

돌이켜 보니 나는 많은 것을 해냈다. 넘어져도 다시 일어섰고, 아파도 하루를 살아냈고, 포기하고 싶을 때도 끝까지 버텼다. 그런데 왜 나는 그것들을 인정하지 않았을까.

왜 나는 나에게 이렇게 가혹했을까.

세상은 우리가 태어났을 때부터 죽을 때까지 우리를 평가한다. 학교 성적으로, 외모로, 성공으로. 끊임없이 비교당하고, 저울질당한다. 그런데 나마저 나를 채점한다면, 이 세상에서 내 편은 누가 될까.

그날부터 하루를 마치고 잠들기 전, 나에게 말해 주었다. "오늘도 잘했어. 오늘도 최선을 다해 열심히 살았구나!" 처음엔 어색했다. 마치 혼자 연극을 하는 것 같았다. 하지만 반복하다 보니 습관이 됐다.

완벽하지 않아도 괜찮다는 걸 안다. 모든 일이 계획대로 되지 않아도, 실수를 해도, 더딘 걸음이라도 앞으로 가고 있다면 충분하다. 하지만 자꾸 까먹는다. 그래서 계속 상기해 줘야 한다.

"다 잘될 거야"라는 말도 처음엔 믿기지 않았다. 지금 이렇게 힘든데 어떻게 잘된다는 거지? 하지만 시간이 지나고 보니, 힘들었던 순간들도 결국 다 지나갔다. 영원할 것 같던 아픔도, 끝나지 않을 것 같던 터널도 결국 끝이 있었다.

밤은 아무리 길어도 새벽은 온다. 겨울이 아무리 춥고 길어도 봄은 온다. 이것은 위로가 아니라 자연의 이치다.

계절이 돌고 도는 것처럼, 우리 삶도 돈다.

우린 충분히 잘하고 있다. 남들 눈에는 작아 보일지 몰라도, 당신이 견디고 있는 것들의 무게를 당신은 안다. 그리고 분명 다 잘될 것이다.

이 말이 공허하게 들릴 수도 있다. 당장의 아픔을 없애 주지 못할 수도 있다. 하지만 적어도 이것만은 기억해 줬으면 좋겠다. 지금 이 순간을 버티고 있는 것만으로도, 당신은 충분히 용감하다는 것.

❁ 불안과 함께 사는 법

불안은 예고도 없이 찾아온다. 밤 11시, 침대에 누워 있을 때. 아무 이유 없이 가슴이 두근거리기 시작했다. 내일 일어날 일들이 머릿속에서 재생됐다. 실수할 것 같고, 망칠 것 같고, 모든 게 잘못될 것 같았다. 숨이 막혔다.

불안과 싸우려고, 불안을 없애려 했다. 괜찮은 척했고, 무시하려 했고, 덮어두려 했다. 하지만 불안은 사라지지 않았다. 오히려 더 커졌다. 마치 어둠 속 괴물처럼, 외면할수록 더 무서워졌다. '만약에'라는 생각이 시작되니 끝이 없었다. 만약에 실패하면, 만약에 거절당하면, 만약에 모든 게 무너지면. 일어나지도 않은 일들로 하루를 소진했다.

한참 후에야 인정할 수 있었다. 불안을 없앨 수 없다는 것을. 불안은 삶의 일부다. 숨 쉬는 것처럼 당연한 것. 완전히 사라지기를 바라는 건 파도 없는 바다를 바라는 것과 같았다.

그때부터 불안과 싸우는 대신 함께 사는 법을 배우기 시작했다. 불안이 왔을 때 밀어내지 않았다. 인정했다. "아, 지금 내가 불안하구나." 이름을 불러주니 조금 작아졌다. 괴물이 아니라 그냥 감정이었다.

불안할 땐 큰 소리로 내게 물었다. "지금 이 순간, 실제로 일어나고 있는 일은 뭐지?" 대부분 아무 일도 없었다. 불안은 미래의 일로 현재를 망치는 거었디. 아지 오지 않은 내일 때문에 오늘을 잃고 있었다.

호흡에 집중하기 시작했다. 불안이 찾아오면 천천히 숨을 쉬었다. 들이마시고, 내쉬고. 단순한 동작이지만 효과가 있었다. 숨을 쉬는 것만으로도 지금 여기에 있다는 걸 느낄 수 있었다. 미래가 아니라 현재에.

불안과 함께 산다는 건 불안을 친구로 만드는 게 아니다. 다만 적으로 보지 않는 것이다. 불안은 내가 살아 있다는 신호다. 뭔가를 신경 쓰고 있다는 증거다. 완전히 무감각한 것보다는 불안한 게 낫다. 아직 살아 있다는 뜻이니까.

요즘은 불안에게 말한다. "알겠어, 네 말도 일리가 있어. 하지만 지금은 괜찮아." 불안을 밀어내지도, 붙잡지도 않는다. 그냥 지나가게 둔다. 구름이 하늘을 가로질러 가듯이.

불안이 없는 삶은 없다. 살아 있는 한 불안은 따라온다. 그러니 불안을 없애려고 애쓰기보다는, 불안과 함께 걷는 법을 배우는 게 낫다. 손을 잡고 가는 건 아니지만, 같은 길 위에 있다는 걸 인정하면서 살아가는 것이다. 어쩌겠는가. 쫓아낼 수 없으니 가볍게 스쳐 가길 기다리는 수밖에.

✿ 시간은 쭉쭉 흐른다

서른 살이 되던 해, 처음으로 나이를 의식했다. "벌써 서른이야?" 사람들이 물었다. 벌써라는 말이 비수처럼 꽂혔다. 나는 늙어가고 있었다. 시간은 멈춰주지 않았다.

밤새 놀 수 없게 됐다. 예전엔 새벽까지 놀고도 다음 날 멀쩡했다. 이제는 12시만 넘어도 다음 날 못 일어난다. 몸이 예전 같지 않다. 회복도 느리다. 계단을 오르면 숨이 차고, 조금만 무리하면 여기저기 아프다.

나이가 든다는 걸 받아들이기 싫었다. 인정하고 싶지 않았다. 여전히 어리다고 생각하고 싶었다. 하지만 몸은 정직했다. 거울은 거짓말을 하지 않았다. 시간은 모두에게 공평했다.

어느 날, 돌아가신 할아버지의 모습이 떠올랐다. 느린 걸음걸이, 주름진 얼굴. 하지만 웃고 계셨다. 하루종일 올림픽공원에 떨어진 낙엽을 주워 할머니에게 잘 말려 달라고 부탁할 때는 어린아이처럼 행복해 보이셨다. 그 모습을 떠올리며 생각했다. 나이 듦이 끝이 아니라 다른 시작일 수도 있겠다고.

나이 듦을 받아들이기 시작했다. 주름도, 흰색 머리카락도, 느려진 몸도. 이것들은 내가 살아온 증거였다. 웃어서 생긴 주름, 고민해서 생긴 흰머리, 열심히 살아서 지친 몸. 부끄러운 게 아니라 자랑스러운 거였다.

젊음을 붙잡으려 애쓰는 건 모래를 쥐는 것과 같다. 쥘수록 빠져나간다. 놓아 줘야 한다. 젊음은 가는 것이고, 나이 듦은 오는 것이다. 막을 수 없다. 강물을 거스를 수 없듯이.

나이가 들면서 얻는 것도 있다. 경험, 지혜, 여유. 더 어렸을 때는 몰랐던 것들. 급하지 않아도 된다는 것, 모든 걸 다 가지지 않아도 된다는 것, 비교하지 않아도 된다는 것.

이제는 나이를 말할 때 머뭇거리지 않는다. 숨길 필요가 없다. 나이는 숫자가 아니라 살아온 시간이다. 그 시간을 부정할 이유가 없다.

나이 듦을 받아들이는 건 포기가 아니다. 현실을 인정하는 것이다. 흐르는 강물에 몸을 맡기는 것, 거스르지 않고 함께 흘러가는 것이다.

거울을 볼 때마다 눈가에 주름이 보인다. 하지만 싫지 않다. 이 주름은 내가 웃었다는 증거다. 살아왔다는 증거다. 나이 듦은 저주가 아니라 선물이다. 모두에게 주어지는 것이 아니니까.

✿ 좋아했던 것, 좋아하는 것

책장을 정리하다가 오래전에 읽었던 소설 한 권이 손에 잡혔다. 20대 초반, 그 책을 얼마나 좋아했는지 기억이 났다. 밑줄을 긋고, 모서리를 접고, 몇 번이고 다시 읽던 날들. 그런데 언제부턴가 책장 구석으로 밀려나 있었고, 존재조차 잊고 있었다. 다시 펼쳐 읽어 보았다. 좋았던 기분이 되살아났다. 그때의 내가 어떻게 살았었는지도 함께 떠올랐다.

사람은 나이가 들수록 잃어버리는 게 많아진다. 특히 좋아하던 것들. 예전에 설레게 했던 일들이 어느 순간

삶에서 사라진다. 바빠서, 어른이 되어서, 시간이 없어서 같은 이유를 대며 멀어지지만, 사실은 잊어버린 경우가 더 많다. 한때 소중했던 것들이 서랍 깊숙이 밀려 들어가 먼지만 쌓인다.

아무것도 재미없고 새로운 의욕이 생기지 않을 때는 예전에 좋아했던 것들을 살펴보고는 한다. 나는 그림을 좋아하지만, 항상 그림을 그리는 것은 아니다. 이유 없이 바빠서 잊고 있을 때가 있다. 다시 연필을 사고 노트를 사서 오랜만에 그림을 그렸다. 손이 예전같지 않았고 생각만큼 잘되지도 않았지만 콧노래가 절로 나왔다. 오랜만에 나를 찾은 느낌이었다. 꺼져가던 불씨가 천천히 되살아나는 것처럼.

좋아하던 것들을 다시 본다는 건 과거를 그리워한다는 의미라기보다 내 안에 묻혔던 나의 한 부분을 꺼내는 일에 가까웠다. 내가 변한 줄 알았는데 사실은 잊고 있었던 것뿐이었다. 서랍 속에 있어도 여전히 나인 것처럼.

예전에 많이 듣던 음악을 오랜만에 틀어본 적도 있다. 첫 소절이 흐르는 순간 그 시절의 공기까지 함께 떠올랐다. 왜 그렇게 좋아했었는지 다시 알 것 같았다. 시간은 흘렀지만 취향은 생각보다 쉽게 사라지지 않았다.

새로운 걸 억지로 찾는다고 해서 늘 채워지는 건 아니다. 이미 알고 있던 것, 몸이 기억하는 것, 마음 한구석에 남아 있던 것들. 그런 것들이 다시 삶을 움직이기도 한다. 익숙함에서 오는 안도감과, 잊고 지냈던 나를 다시 만나는 기쁨.

마음이 지칠 때, 삶이 조금 밋밋하게 느껴질 때, 나를 다시 확인하고 싶을 때. 오래전 즐겨 보던 영화나 밑줄 가득한 책, 아무 생각 없이 반복해서 듣던 노래들을 뒤적거린다. 그렇게 다시 만난 것들 속에서 나는 여전히 나라는 사실을 확인한다.

좋아하던 것들을 다시 보기. 잊고 있던 활력을 되찾는 방법이다. 늘 새로운 것을 찾지 않아도 된다. 이미 가지고 있던 것들 안에 답이 있을 때도 있다. 오래전에 좋아했던 것들을 다시 꺼내보는 일, 그 안에서 다시 만나게 되는 나를 통해.

✿ 살면서
절대 매달리면 안 되는 6가지

첫째, 떠난 사람.

이미 돌아선 사람을 붙잡아 봤자 소용없다. 몸은 여기 있어도 마음은 이미 떠났다. 매달리면 초라해질 뿐이다. 놓아줘야 한다. 아프지만 놓아줘야 다음 사람을 만날 수 있다.

둘째, 틀어진 일.

이미 망한 일에 매달려 봤자 더 깊은 수렁에 빠진다. 손해를 만회하려다 더 큰 손해를 본다. 잘못된 선택을 인정하고 빠져나와야 한다.

　셋째, 지나간 시간.

　과거에 매달리면 현재를 놓친다. "그때 그랬더라면" 하는
후회는 독이다. 과거는 바꿀 수 없다. 지나간 건 지나간 거다.
미련을 버려야 앞으로 갈 수 있다.

　넷째, 남의 인정.

　남들이 인정해 주기를 바라며 사는 건 지옥이다. 아무리
잘해도 누군가는 인정해 주지 않을 것이다. 매달릴수록 내가
사라진다. 남의 인정보다 내 만족이 중요하다.

　다섯째, 완벽함.

　완벽에 매달리면 아무것도 못 한다. 완벽하게 하려다
시작조차 못 한다. 완벽한 사람은 없다. 완벽한 결과도 없다.
불완전해도 괜찮다. 그게 인간이다.

　여섯째, 변하지 않는 사람.

　누군가 바뀌기를 바라며 기다리는 건 시간 낭비다. 사람은

잘 안 바뀐다. 특히 남을 위해서는 절대 안 바뀐다. 매달려 봤자 지칠 뿐이다. 있는 그대로 받아들이거나 떠나야 한다.

놓는다는 건 포기가 아니다. 해방이다. 묶여 있던 것에서 자유로워지는 것. 썩은 줄을 끊어내는 것. 아프지만 필요한 일이다.

매달리지 마라. 놓아라. 떠나는 것은 떠나게 두고, 안 되는 것은 인정하고, 바꿀 수 없는 것은 받아들여라. 손을 비워야 새로운 것이 들어온다. 매달림은 정체고, 놓음은 시작이다.

웃음은 가장 값싼 행복의 연료

언젠가 웃음이 사치처럼 느껴졌다. 웃을 일이 없는 게 아니라, 웃을 여유가 없었다. 매일 무언가에 쫓기고, 걱정에 짓눌리고, 진지함이라는 갑옷을 입고 살았다.

거울을 보면 굳어 있는 내 얼굴이 낯설었다. 언제부터 이렇게 찌푸리고 살았을까. 눈썹 사이에 세로로 주름이 패이기 시작했다. 마치 시멘트가 굳듯 표정도 굳어가고 있었다.

어느 날, 길을 걷다가 웃고 있는 아이를 봤다. 까르르 소리 내며 배를 잡고 웃는 모습. 특별한 이유도 없어 보였다. 그냥

웃고 싶어서 웃는 것 같았다. 그 모습을 보며 생각했다. '내가 마지막으로 저렇게 웃었던 게 언제였지?'

웃음을 잊고 산 지 너무 오래됐다. 웃으려면 뭔가 특별한 일이 있어야 한다고 생각했다. 행복해야 웃는 거라고 믿었다. 하지만 반대였다. 웃으니까 행복한 거였다.

의도적으로 웃기 시작했다. 웃음은 전염된다는 걸 알게 됐다. 내가 웃으면 주변 사람도 따라 웃었다. 딱딱하게 굳어 있던 분위기가 풀렸다. 마치 얼음이 녹듯. 웃음 하나로 공기가 달라졌다.

과학적으로도 웃음은 몸에 좋다고 한다. 엔도르핀이 나오고, 스트레스가 줄고, 면역력이 높아진다고. 하지만 그런 이유가 아니어도 좋다. 웃으면 그냥 기분이 좋아진다. 단순하고 명확하다.

웃음은 또한 돈이 조금도 들지 않으니 좋다. 여행을 가거나 비싼 물건을 사지 않아도 웃을 수 있다. 그냥 입꼬리만 올리면 된다.

힘든 날에도 웃으려고 노력한다. 억지로라도. 처음엔 가짜 웃음이지만 웃다 보면 진짜가 된다. 마치 시동을 걸면 엔진이 돌아가듯, 웃음이 하루의 시동을 걸어 준다.

지금은 거울을 볼 때마다 웃어 본다. 아침에 세수하면서, 엘리베이터에서, 화장실에서. 작은 습관이지만 하루가 바뀐다. 웃는 얼굴로 시작하면 웃는 하루가 온다.

웃음은 가장 값싼 행복의 연료다. 그리고 가장 쉽게 꺼낼 수 있는 무기다. 세상이 무거워도, 마음이 힘들어도, 웃을 수 있다면 그것만으로도 하루를 지낼 수 있다. 웃음은 우리를 구원한다.

인생은
매일 새로 쓸 수 있는 원고다

노트를 펼쳤다. 하얀 페이지. 뭔가 쓰고 싶어서 펜을 들었다가 놓았다. 뭘 써야 할지 몰랐다. 앞장은 실패로 가득했다. 지운 자국, 구겨진 종이, 엉망인 글씨. 새로 쓴다고 달라질까.

손이 떨렸다. 또 망칠 것 같았다. 어제도 망쳤고, 그제도 망쳤다. 오늘도 똑같을 것 같았다. 그런데 이상하지, 페이지는 여전히 하얗다. 어제의 실패가 여기에 없다. 새로운 페이지다.

첫 줄을 썼다. "오늘은." 그러고 멈췄다. 뭐라고 써야 할까. '오늘은 다를 거야?' 너무 거창하다. '오늘은 조금 더 나아지자?' 그것도 부담스럽다. 그냥 "오늘은 오늘이다"라고 썼다. 그게 전부였다.

새로운 페이지에서는 어제 한 실수가 오늘까지 이어지지 않았다. 어제 늦잠을 잤어도 오늘은 일찍 일어날 수 있다. 어제 화를 냈어도 오늘은 웃을 수 있다. 어제가 오늘을 결정하지 않았다.

물론 과거는 흔적을 남긴다. 어제의 선택이 오늘에 영향을 준다. 하지만 그게 전부는 아니다. 오늘의 선택도 중요하다. 오늘 어떻게 쓰느냐가 새로운 첫 줄이 된다.

인생을 책이라고 생각하면 부담스럽다. 완성해야 한다는 압박. 멋있게 써야 한다는 강박. 하지만 인생은 완성본이 아니다. 매일 쓰는 원고다. 고칠 수 있고, 지울 수 있고, 다시 쓸 수 있다.

어제 쓴 글이 마음에 안 들면 오늘 다르게 쓰면 된다. 어제 화를 냈다면 오늘은 사과하면 된다. 어제 게을렀다면 오늘은 부지런하면 된다. 매일 새로 쓸 수 있다. 그게 살아 있다는 증거다.

지금 이 순간도 나는 쓰고 있다. 어떤 하루를 쓸지. 어떤 말을 할지. 어떤 선택을 할지. 펜은 내 손에 있다. 아무도 대신 써 주지 않는다.

틀려도 되고, 지저분해도 된다. 중요한 건 멈추지 않고 쓰는 것. 매일 새 페이지를 여는 것. 어제와 다른 오늘을 쓰는 것.

인생은 매일 새로 쓸 수 있는 원고다. 어제의 실패가 오늘을 망치지 않는다. 오늘의 선택이 내일을 만든다. 지금 이 순간, 나는 새로운 문장을 쓰고 있다.

당신에게 전하고 싶은
마지막 이야기

여기까지 읽어 줘서 고맙다. 내 글이 좋았을 수도 있지만 어쩌면 지루했을 수도 있고, 공감되지 않았을 수도 있다. 그래도 여기까지 왔다. 그것만으로도 감사하다.

이 책을 쓰면서 많은 것을 생각했다. 내가 살아온 시간들, 넘어졌던 순간들, 일어섰던 순간들. 쓰다 보니 정리가 됐다. 흩어져 있던 조각들이 맞춰지는 느낌이었다.

이 책은 행복에 대한 정답을 알려 주는 조언서가 아니다. 솔직히 나도 여전히 헤매고, 자주 넘어지니까. 그저 행복이라는 게 생각보다 별거 아니라는, 내가 살아오면서 느낀 작은 이야기들을 나누고 싶었다.

인생은 때로 힘들다. 하지만 그런 것이다. 원래 평탄하지 않다. 울퉁불퉁하고, 미끄럽고, 가파르다. 하지만 시간은 흐른다. 뭐든 지나간다. 지금 힘들어도 영원하지 않다. 계절은 돌고, 날씨는 바뀌고, 시간은 흘러간다. 겨울이 지나면 봄이 온다. 반드시.

그러니 남들과 비교하지 말자. 남들은 남들이고 당신은 당신이다. 각자의 속도가 있다. 빠르고 느린 게 중요한 게 아니다. 멈추지 않는 게 중요하다. 천천히 가도 괜찮다. 가기만 하면 된다.

넘어져도 괜찮다. 다시 일어설 수 있다. 다쳤어도 아문다. 피는 멈춘다. 시간이 지나면 흉터만 남는다. 그 흉터는 당신이 살아남았다는 증거다.

그리고 나를 사랑하자. 이게 가장 중요하다. 남을 사랑하기 전에 나를 먼저 사랑해야 한다. 나를 돌보고, 나를 위로하고, 나에게 다정해야 한다. 내가 나의 편이 되어야 한다.

혼자가 아니다. 세상 어딘가에 당신과 비슷한 고민을 하는 사람이 있다. 당신과 같은 아픔을 겪는 사람이 있다. 혼자라고 느껴질 때도 있지만 정말 혼자는 아니다.

당신에게 전하고 싶은 마지막 이야기는 간단하다. 괜찮다.

당신은 충분히 잘하고 있다. 지금도, 앞으로도. 힘내라고 하지 않겠다. 이미 충분히 힘내고 있으니까. 그냥 오늘을 살자. 그것만으로도 충분하다.

이 책을 덮으며 조금이라도 가벼워졌으면 좋겠다. 위로가 됐으면 좋겠다. 혼자가 아니라는 걸 느꼈으면 좋겠다. 당신의 앞날에 좋은 일만 가득하기를 진심으로 바란다.

반드시 좋은 날들이
찾아올 거야

초판 1쇄   2025년 12월 23일

지은이   조민

편집   이주희 이세준
디자인   차유진 김소미
펴낸곳   (주)하이스트그로우
이메일   highest@highestbooks.com
출판등록   2021년 5월 21일 제2021-000019호

ⓒ 조민, 2025

책값은 뒤표지에 있습니다.
ISBN 979-11-93282-57-1 (03810)